천국에 들어가기

제임스 앨런의 생각 시리즈 ♠ 9

ENTERING THE KINGDOM

천국에 들어가기

제임스 앨런 지음 · 고명선 옮김 · 김미식 그림

도서출판 물푸레

옮긴이 | 고명선

고명선은 서울대학교 심리학과를 졸업하고, 동 대학원에서 종교학 석사 학위를 받았으며, 종교학 박사 과정을 수료했다. 명상요가회 동아리에서 활동하면서부터 명상에 관심을 갖게 된 이후 지금까지 동서양의 명상 전통을 폭넓게 공부해 왔다. 역서로는 『상자 안에 있는 사람, 상자 밖에 있는 사람』,『당신이 어디를 가든 거기엔 당신이 있다』, 『생각하는 모습 그대로 II』가 있다.

그림 | 김미식

김미식은 1958년 여주에서 태어나 자신만의 그림 세계를 열정적으로 펼쳐가고 있으며, 그동안 다수의 개인전과 그룹전을 열었다. 주요 개인전을 보면 2005년 인사아트센터, 2005년 뉴욕 첼시아트센터, 2006년 KBS 등이 있으며 2009년 5월 1일 일본 동경에서 기획전이 열린다. 또한 도서출판 물푸레와 공동으로 '영국이 낳은 신비의 작가 제임스 앨런과 여류화가 김미식의 현대미술의 만남' 이란 주제로 《제임스 앨런 생각시리즈》를 진행하고 있다.

천국에 들어가기

지은이 | 제임스 앨런
옮긴이 | 고명선 그림 | 김미식
펴낸이 | 우문식
펴낸곳 | 도서출판 물푸레

초판 1쇄 인쇄 2009년 3월 10일
초판 1쇄 발행 2009년 3월 15일

등록번호 | 제 1072-25호
등록일자 | 1994년 11월 11일
경기도 안양시 동안구 호계 1동 950-51
TEL | (031) 453-3211, FAX | (031) 458-0097
e-mail | mpr@mulpure.com
homepage | www.mulpure.com

값 5,900원

ISBN 978-89-8110-270-8 04840
ISBN 978-89-8110-261-6 (세트)

차례

제임스 앨런에 대하여

제임스 앨런은 20세기의 '신비의 문인'으로 불린다. 그의 베스트셀러인 고전 『생각하는 그대로*As a man Thinketh*』가 전세계 1,000만 명 이상의 독자들에게 알려졌지만, 정작 이 책의 저자인 그에 대해서는 별로 알려진 게 없다.

제임스 앨런은 1864년 영국 레스터에서 태어났으며 어릴 때 그의 아버지를 따라 미국으로 갔다. 그의 아버지는 유복한 사업가였지만 좋지 않은 경제상황 때문에 1878년 파산했고, 그 다음해 비참하게 살해

당했다. 이러한 가정환경 때문에 제임스 앨런은 15세 때부터 그의 가족을 위해 일하지 않으면 안 되었다. 앨런은 결국 결혼했고, 영국 거대기업의 행정을 다루는 개인 서기관이 되었다.

38세에 그는 인생의 갈림길에 도달했다. 톨스토이의 저작들에 의해 영향받은 앨런은 돈을 벌고 소비하는 데 모든 것을 바치는 경박한 행위가 의미 없는 삶이라는 것을 깨닫기 시작하였다. 그는 직장에서 은퇴하고, 묵상의 삶을 수행하기 위해 영국 남서부

연안에 있는 작은 시골집으로 이사를 했다. 여기 해안의 골짜기에서 앨런은 그의 스승이였던 톨스토이의 교훈대로 자발적인 빈곤, 영적인 자기 훈련 그리고 검소한 삶을 통해 자신의 꿈을 수행했다.

앨런은 성경 말씀 속에 빛나는 지혜를 마음 깊이 새겼을 뿐 아니라, 동양의 고전에서 많은 깨달음을 얻었다. 글쓰기와 명상, 그리고 소일거리로 정원 가꾸는 일을 하면서 정신적인 삶을 영위할 수 있는 토양을 마련하였다.

전형적인 앨런의 하루는 아침 일찍 일어나고, 한 시간 넘게 명상을 위해 그곳에 머물렀던 바다가 내려다 보이는 절벽을 산책하는 것이었다. 그러한 가운데 눈에 띄지 않는 거미집처럼 그의 영적인 비전은 고양되고, 그가 알려고 하지 않아도 우주의 비밀이 눈앞에 펼쳐졌다. 고요한 이러한 감동들은 내부에 기억되었다. 그는 집으로 돌아온 후에, 종이에 자신이 느낀 단상들을 기록했다. 오후에는 정원을 돌보는 일에 매진했고 저녁에는 고상한 철학적 논점을 논쟁하길 원하는 마을 사람들과의 친교를 나눴다.

10년 동안 앨런은 묵상과 사색적인 삶을 살았고,

그의 저작의 로얄티로부터 나오는 적은 수입으로 생활했다. 그가 48세가 되었을 때, 그는 갑자기 우리 곁을 떠났다. 그는 참으로 미지의 사람이었고, 명성에 의해 훼손당하지 않고, 운명에 의해 좌우되지 않고 그가 원했던 삶의 방식대로 살다 죽었다. 그의 작품은 후에 문학적으로 천재적이고 영적인 것으로 인정받았다. 그러나 이것은 알려지지 않은 영국의 신비주의자가 원하던 길이었다. 그가 죽은 후에 그의 영적인 통찰력은 세계로 전파되었다.

그는 자신의 책 『생각하는 그대로*As a man Thinketh*』에서 "고결하고 숭고한 인격은 신의 은혜를 입거나 운이 좋아서 생긴 것이 아니다. 올바른 생각을 하려고 끊임없이 노력하고, 신과 같은 숭고한 생각을 소중하게 품어온 대가이다"라고 말하고 있다.

앨런은 다음과 같은 원칙을 깨달았다. 바로 "인간은 자신의 정신으로부터 분리될 수 없다"라는 것이다. 인간의 삶은 자신의 생각으로부터 분리될 수 없다. 마치 빛, 광채, 색상이 서로 분리될 수 없듯이, 정신과 생각은 인간의 삶과 떨어져 생각할 수 없는 것이다. 그러므로 생각을 변화시키면 사람을 변화시킬 수 있다는 결론이 나온다.

앨런의 이와 같이 심오하고 호소력 있는 내용 때문에 이 책은 지금까지 많은 사람들에게 읽혀지고 있으며, 현대 명상 문학의 원조로 알려져 있다. 이 한 권의 책을 읽고 얼마나 많은 이들이 감동받았는지 헤아릴 수 없을 정도이다. 이 책은 영어권 국가만 해도 수십 개의 출판사에서 출판하고 있으며, 그 밖의 나라에서도 번역 출판되고 있다. 이 책의 판매량은 줄잡아 1천만 권이 넘는 것으로 추측된다.

그는 19권의 저서를 남겼다.

머리글

나는 세상을 찾아보았지만, 진리는 거기 있지 않았다.

나는 배움을 구하고자 하였지만, 진리는 밝혀지지 않았다.

나는 철학과 함께 머물렀지만, 내 마음은 허무함으로 채워졌다.

그리고 나는 외쳤다, 평화는 어디에서 찾을 수 있는가!

그리고 진리가 숨어있는 곳은 어디인가?!

영혼이 절실히 필요로 하는 것

모든 사람의 영혼은 무언가를 필요로 하고 있다. 자기가 필요로 하는 것이 무엇인지에 대해서는 사람마다 표현을 달리 하지만, 무언가 중요한 것이 자신에게 결여되어 있다는 것을 어느 정도 느끼지 않는 영혼은 하나도 없다. 그것은 특별히 성숙한 영혼의 경우에, 아무리 대단한 부와 명예를 소유해도 결코 만족될 수 없는, 말로 형용할 수 없는 심오한 갈망의 모습으로 무심결에 나타나는 정신적인 요구이다. 그러나 불완전한 지식만을 가지고, 세상의 겉모습에

현혹된 대다수의 사람들은 물질적인 재산을 얻으려고 노력함으로써 이 갈망을 만족시키려 한다. 물질적 재산이 자신의 필요를 충족시켜 줄 거라고 믿기 때문이다.

의식하든 의식하지 못하든, 모든 영혼은 정의를 갈망하며 자신의 지적 수준에 따라 자신만의 방식으로 그 갈망을 만족시키려 한다. 갈망도 하나이고 정의도 하나이지만, 정의를 추구하는 방식은 여러 가지이다. 자신의 갈망이 정의로 향하고 있음을 깨닫는 사람들은 축복 받은 사람들이며, 정의만이 줄 수 있는 궁극적이고도 영구적인 만족을 곧 찾게 될 것이다. 그들은 참된 길을 알고 있기 때문이다.

자신이 진심으로 원하는 것이 무엇인지 깨닫지 못한 채 세속적인 성공을 추구하는 사람들은, 한동안은 마음껏 쾌락을 즐길 수도 있겠지만 행복해질 수는 없다. 그들은 찢기고 상처 난 발로 걸어야 하는 고통의 길을 스스로 자초하고 있고, 그들의 정신적인 굶주림은 점점 더 커질 것이며, 그들의 영혼은 잃어버린 유산(정의라는 영원한 유산)을 애타게 찾을 것이기 때문이다.

영혼은 정의를 실현하지 않고서는 세 가지 세상(깨어 있는 의식, 꿈, 수면 상태) 중 어디에서도 영구적인 만족을 찾을 수 없다. 육체화되어 있든 육체로부터 분리되어 있든 간에, 영혼은 끊임없이 고통으로 단련 받으며, 결국 극도의 곤경에 빠지면 영혼의 유일한 피난처(정의의 피난처)로 도피한다. 그리하여 오랫동안 헛되이 추구해 왔던 기쁨과 만족과 평화를 거기서 발견한다.

정의라는 원리

그렇다면, 영혼이 절실히 필요로 하는 것은 정의라고 불리는 영구불변의 원리이다. 이 원리를 삶의 토대로 삼으면, 영혼은 현세의 삶 동안 겪는 온갖 소동 속에서도 더 이상 당황하는 일 없이 안전하고 편안하게 살아갈 수 있으며, 그 토대 위에 아름답고 평화스럽고 완전한 삶의 저택을 지을 수 있다.

영혼의 영원한 안식처인 천국은 이 원리가 실현되는 곳에 존재하며, 그것은 모든 영구적인 축복의 근원이자 보고이다. 그것을 찾으면 모든 것을 찾은 셈이며, 그것을 찾지 못하면 모든 것을 잃은 것이다. 그것은 정신의 태도이고, 의식의 상태이며, 말로 표현할 수 없는 깨달음이다. 그 안에서는 생존 경쟁이 멈추고, 영혼은 풍요로움 속에 휴식하고 있는 자신을 발견하며, 투쟁이나 두려움 없이 영혼의 절실한 요구뿐만 아니라 영혼의 모든 요구가 충족된다. 진지하게 그리고 현명하게 추구하는 사람들은 복이 있다. 그런 사람들의 노력은 결코 수포로 돌아가지 않는다.

경쟁의 법칙과 사랑의 법칙

내가 순수해지면, 삶의 신비를 풀게 되리라. (내가 증오와 탐욕과 다툼으로부터 자유로워지면) 나는 진리 안에 머물고 진리는 내 안에 머물게 되리라. 내 마음이 순수해질 때, 나는 안전하고 분별력을 지니며 완전히 자유로워지리라.

자연의 법칙은 잔인하다고 일컬어져 왔다. 자연의 법칙은 친절하다는 말도 있어 왔다. 앞의 말은 자연의 치열한 경쟁의 모습만을 생각한 결과이고, 뒤의

말은 자연이 생명을 친절하게 보호하는 모습만을 본 결과이다. 실제로, 자연의 법칙은 잔인하지도 친절하지도 않다. 자연의 법칙은 다만 절대적으로 정당할 뿐이며, 정의라는 불멸의 원리가 밖으로 드러난 것이다.

자연에서 널리 행해지는 잔인성과 그에 따른 고통은 삶의 중심과 실체에 본래부터 갖추어진 요소가 아니다. 그것은 진화의 한 단계이자 고통스런 경험이며, 결국에는 좀더 완벽한 이해의 열매로 결실을

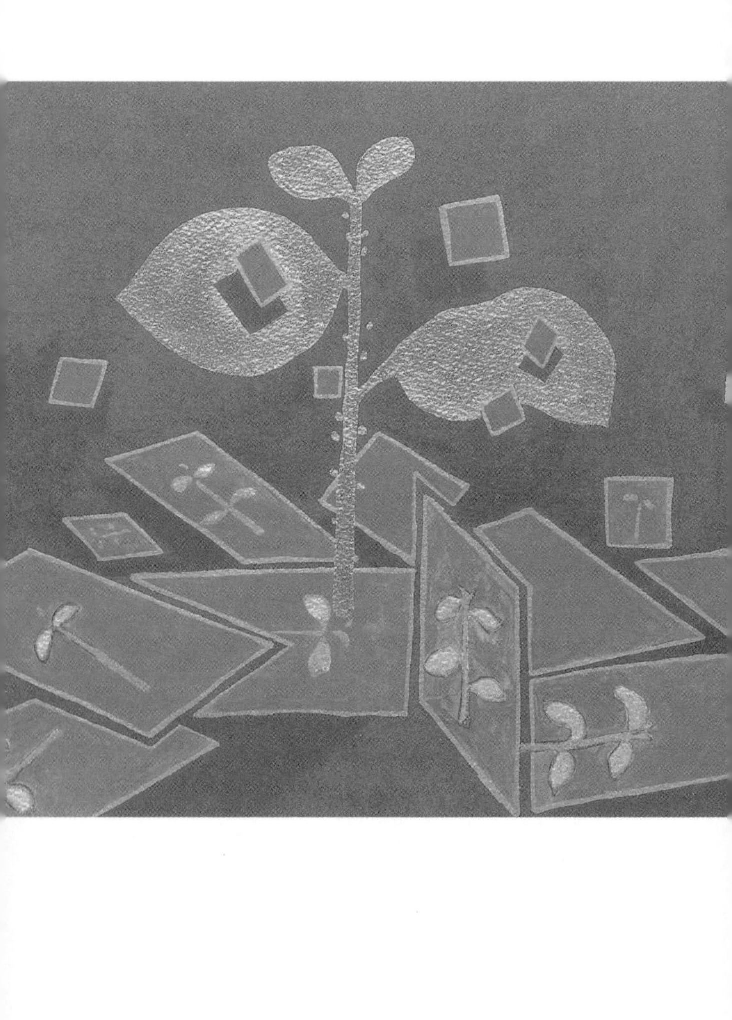

맺게 된다. 그것은 또한 기쁨과 평화의 영광스런 아침으로 인도하는 무지와 불안의 어둔 밤이다.

힘 없는 어린 아이가 불에 타 죽었을 때, 우리는 그 아이를 불타게 한 자연 법칙의 작용이 잔인하다고 생각하지는 않는다. 우리는 그 아이의 무지나 보호자의 부주의 때문에 그런 일이 일어났을 거라고 추측한다. 그 아이와 마찬가지로, 인간과 모든 생명체는 보이지 않는 격정의 불꽃 속에 매일 불타고 있으며, 무지 때문에 이해하지 못하고 있는 사나운 심리적 힘들의 끊임없는 상호 작용에 굴복하고 있다. 그러나 그들은 심리적 힘들을 통제하고 이용하여 스스로를 보호하는 방법을 결국 터득하게 될 것이며, 현재의 상태처럼 자신을 파괴하는 데 그러한 힘들을 쓰는 어리석음을 극복하게 될 것이다.

자기 영혼의 보이지 않는 힘들을 이해하고, 통제하고, 조화롭게 조절하는 것은 모든 존재와 생명체의 궁극적 운명이다. 이 최상의 숭고한 목표를 달성한 사람들은 과거에 다소 있었고 오늘날에도 어느 정도 있다. 이 목표가 이루어질 때까지는, 자신의 행복과 만족을 위해 필요한 모든 것을 투쟁 없이 그리고 고통 없이 얻게 되는 안식처인 천국에 들어갈 수 없다.

경쟁에 대한 이해

모든 문명 국가에서 삶이라는 악기의 현絃이 가장 높은 음조에 맞춰 팽팽히 당겨져 있고, 사람들이 현세의 덧없는 명예와 물질적 소유를 위해 삶의 모든 영역에서 서로 겨루면서 인내할 수 있는 최대한도까지 경쟁을 가속화시킨 오늘날과 같은 시대에는, 가장 탁월한 수준의 지식이 밝혀지고 최상의 영적 승리가 달성된다. 왜냐하면, 영혼이 가장 지쳤을 때 영혼의 요구는 가장 커지며, 요구가 큰 곳에서는 노력도 클 것이기 때문이다. 또한, 유혹이 강력한 곳에서는 승리가 그만큼 더 위대하고 더 영속적일 것이다.

사람들은 경쟁이 이익과 행복을 자신에게 가져다 줄 것으로 보이는 동안에는 다른 사람과 경쟁하는 것을 좋아한다. 그러나 피할 수 없는 반작용이 와서 자기 손으로 만든 이기적인 투쟁의 차가운 검이 자신의 심장을 찌르고 나면, 그때서야 비로소 더 나은 길을 찾아 나선다.

경쟁이 결국 초래하는 고통과 슬픔을 깨닫고 경쟁과 나툼에 종지부를 찍은 사람, 즉 "슬퍼하는 사람은 복이 있다." 평화의 왕국으로 가는 문은 오직 그들에게만 열릴 수 있기 때문이다.

평화의 왕국을 찾으려면 그것의 실현을 가로막는 것들, 즉 투쟁의 본능, 인간사에 작용하는 경쟁의 법칙, 그리고 거기에서 비롯되는 보편적 불안, 불확실성, 두려움의 정체를 충분히 이해해야 한다. 이러한 이해가 없이는 인생에서 무엇이 옳고 무엇이 그른지에 대해 바르게 이해할 수 없고, 따라서 진정한 정신적 진보도 이룰 수 없기 때문이다.

참된 것을 이해하고 즐기려면, 먼저 거짓된 것의 정체를 파악해야 한다. 현실을 현실로서 인식하려면, 먼저 현실을 왜곡시키는 착각과 환상을 없애야 한다. 진리의 무한한 세계가 우리 앞에 펼쳐지려면, 우리는 눈에 보이는 현상적 세계에 한정된 유한한 경험을 먼저 초월해야 한다.

그러므로 당혹스러움을 자아내는 인생의 복잡성과 불공평성을 단순화시키고 조화롭게 만들 생각과 행동의 근거를 애써 찾고 있는, 또는 찾으려고 하는 사려 깊고 진지한 독자들은 내가 천국에 이르는 길을 단계적으로 설명할 때 침착하게 내 이야기에 귀 기울여 달라. 나는 우선 지옥(투쟁과 이기심의 세계)에 논의의 초점을 맞춰 그 곳의 복잡한 심리 상태들을 설명하고 나서 천국(평화와 사랑의 세계)에 대해 이야기하겠다.

경쟁의 이기주의

아주 추운 겨울 동안에는 새들에게 먹이를 주는 것이 우리 집의 관습인데, 주목할 만한 사실은 새들이 정말로 굶주릴 때는 온기를 유지하기 위해 한데 모여 있으면서 서로 아주 다정하게 지내고 어떤 다툼도 일어나지 않는다는 것이다. 그리고 먹이를 조금 던져 주면 새들은 서로 다투는 일 없이 그것을 나누어 먹는다. 그러나 새들 모두가 먹고도 남을 만큼의 먹이를 던져 주면, 즉시 먹이를 탐내는 싸움이 발생한다.

가끔씩 빵 한 덩어리를 통째로 주면, 며칠 동안 먹고도 남을 만큼 충분한 양인데도 불구하고 새들의 싸움은 격렬해지고 길어졌다. 어떤 새들은 더 먹을 수 없을 때까지 포식하고도 빵 주위를 맴돌면서 다른 새들이 접근하지 못하도록 사납게 쪼아 붙이고, 먹이를 먹지 못하게 방해하였다. 그리고 이러한 격렬한 싸움과 함께 커다란 공포심이 눈에 띄게 두드러졌다. 새들은 각자 먹이를 입에 가득 물고서, 자기 먹이나 목숨을 잃을까 봐 염려하면서 신경질적인 공포심을 가지고 주위를 둘러보는 것이었다.

풍요가 이기심을 일으킨다

이 간단한 사건은 자연과 인간사에서 경쟁의 법칙이 어떤 근거 위에 어떻게 작용하는지를 보여 주는 (생생하면서도 정확한) 실례이다. 경쟁을 낳는 것은 부족함이 아니라 풍요이다. 그렇기 때문에 나라가 더 부유해지고 사치스러워질수록, 생활 필수품과 사치품을 확보하기 위한 경쟁이 더 치열해지고 격렬해지는 것이다.

기아가 나라에 덮치면, 그 즉시 연민과 동정심이 경쟁적인 다툼을 대신한다. 그리하여 사람들은 주고 받는 축복 속에 천국의 행복을 미리 맛보게 된다. 정신적으로 현명한 사람들은 이 행복을 이미 알고 있으며, 결국에는 모든 사람이 거기에 도달하게 된다.

독자들은 가난이 아닌 풍요가 경쟁을 낳는다는 사실을 이 책을 읽는 동안 계속해서 염두에 두어야 한다. 그것이 이 책의 내용뿐만 아니라 사회 생활과 인간의 행위에 관한 모든 문제를 예리하게 조명해 주기 때문이다. 더욱이, 그 사실을 진지하게 깊이 묵상하고 그 교훈에 따라 행동한다면 천국으로 가는 길은 더 평탄해질 것이다.

이제 이 사실의 원인을 찾아 내어, 경쟁과 관련된 모든 해악을 초월하도록 하자.

경쟁은 고통을 일으킨다

사회적 삶과 국가적 삶의 모든 현상들은(자연 현상과 마찬가지로) 일종의 결과인데, 이 모든 결과들은 어떤 멀리 떨어진 분리된 원인에 의해서가 아니라, 결과 그 자체의 직접적인 영혼이자 생명인 원인에 의해 구체적인 현실로 나타난다. 꽃 속에 씨앗이 들어

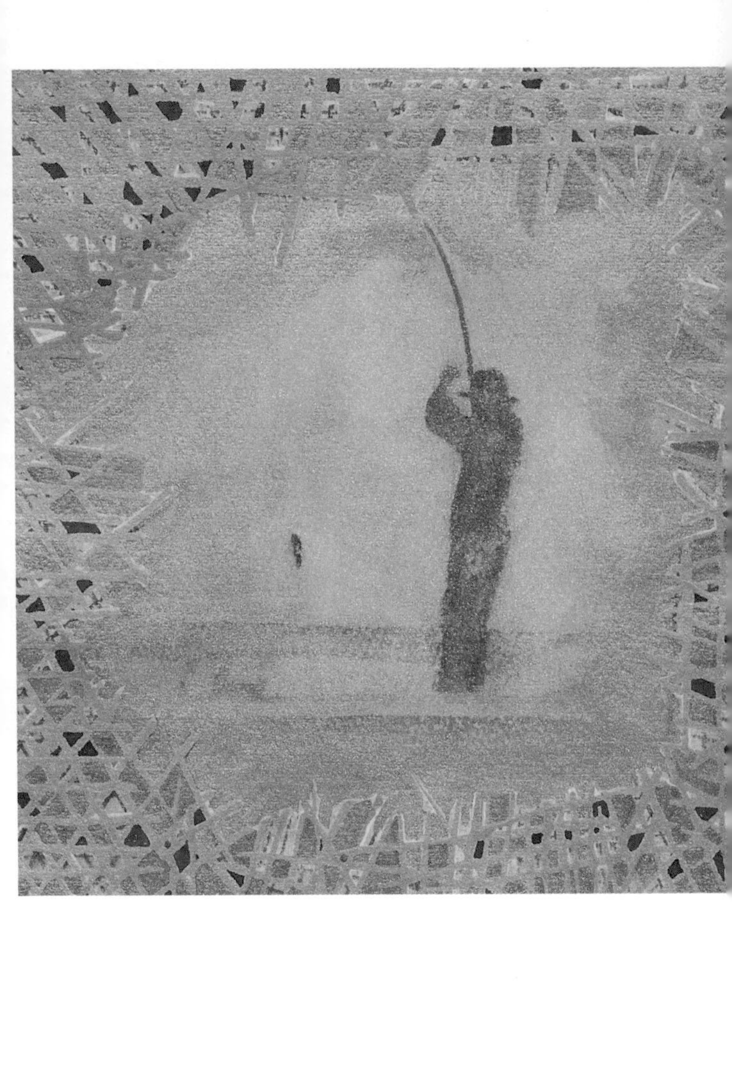

있고 씨앗 속에 꽃이 들어 있듯이, 원인과 결과는 서로 뗄 수 없는 깊은 관계를 이루고 있다. 또한, 결과는 그것 자체에 내재된 어떤 생명에 의해서가 아니라 원인 속에 존재하는 생명과 추진력에 의해 활기를 띠고 증식된다.

세상을 살펴보면, 우리는 개인, 공동체, 국가들이 서로 우위를 점하기 위해 그리고 물질적인 재산을 가장 많이 차지하기 위해 끊임없이 서로 경쟁하며 투쟁하고 있음을 보게 된다.

우리는 또한 약한 자가 패배하여 쓰러지고, 강한 자(변함없는 열정으로 전투를 수행할 능력을 갖춘 자)가 승리를 얻고 재산을 차지하는 것을 보게 된다. 그리고 이러한 투쟁과 함께, 그것에 필연적으로 연결된 고통도 보게 된다. 즉, 사람들이 자신에게 주어진 책임의 무게에 압도되어 변변한 노력조차 해 보지 못하고 모든 것을 잃으며, 가정과 공동체가 해체되고, 한 나라가 다른 나라에 정복되거나 종속되는 모습을 보게 된다.

우리는 형언하기 어려운 고뇌와 슬픔을 말해 주는 눈물바다를 보게 된다. 또, 우리는 고통스러운 이별과 비명횡사를 목격한다. 그래서 우리는 이러한 투쟁의 삶이란, 그 외관을 벗기고 진상을 보면, 대체로 슬픈 인생이라는 것을 알고 있다.

간략히 말해서, 이러한 것이 우리가 지금 다루고 있는 인생의 한 측면, 즉 경쟁과 관련된 현상들이다. 이러한 현상들은 우리가 보게 되는 결과들이며, 그것들은 하나의 공통된 원인을 가지고 있다. 그 원인은 바로 인간의 마음속에 있다.

내면적 활동과 외면적 활동

모든 다양한 형태의 식물들이 흙이라는 공통의 원천에서 영양분을 공급받고 흙에 의지해서 살아가고 자라나는 것처럼, 인간의 모든 다양한 활동도 공통의 한 원천, 즉 마음human heart에 뿌리를 두고 있고 거기에서 생명력을 얻는다. 모든 고통과 모든 행복의 원인은 인간 삶의 외면적 활동에 있는 것이 아니라, 마음과 정신의 내면적 활동에 있다. 모든 외부적인 힘과 작용은 그것이 인간의 행위에서 끌어 내는 생명에 의해 유지된다.

인간 내면에 조직화되어 있는 생명 원리는 억압된 생명 에너지를 쏟아 낼 수 있는 외부적인 경로를 스스로 만들며, 생명 에너지의 힘을 나타내고 경험을 쌓아 나갈 수 있게 해 주는 매개체를 스스로 만든다. 그 결과 우리는 종교적, 사회적, 정치적 조직을 갖고 있다.

그렇다면 인간 삶의 모든 외면적 표현은 결과들이다. 그러므로 그것들은 반사 작용은 지닐 수 있더라도 결코 원인이 될 수 없으며, 마음 깊은 곳에 있는 영구적인 원인에 의해 활기를 띠는, 수동적인 결과dead effects로 영원히 남아 있을 수밖에 없다.

경쟁의 근원인 이기심

통합의 중심인 동시에 인간 삶에 평화를 주는 해법을 확립하는 데 기초가 되는 근본 원인에 도달하는 대신, 인간의 문제에 대한 해법에 도달하기 위해 이러한 결과들을 재조정하고 그 순서를 바꾸는 행위만 끊임없이 반복하면서 이 결과의 세계에서 방황하고 그 환영幻影을 현실로 착각하는 것이 사람들의 습관이다.

세상에 존재하는 모든 형태의 투쟁은 그것이 전쟁이든, 사회적 반목이나 정치적 반목이든, 당파적인 증오이든, 개인적인 논쟁이나 상업적인 경쟁이든 간에 하나의 공통 원인, 즉 개인적인 이기심에서 유래한다. 나는 이기심이란 용어를 아주 넓은 의미에서 사용하고 있으며, 그 의미 속에 모든 형태의 자애심自愛心과 자기중심주의를 포함시키고 있다. 나는 이 용어를, 어떤 희생을 치르더라도 자기 개성personality을 따르고 이를 보존하려는 욕구라는 의미로 사용한다.

이기심이라는 이 요소는 경쟁의, 그리고 경쟁 법칙의 생명이자 영혼이다. 이기심이 없다면 그것들은 존재할 수 없었다. 그러나 마음속에 어떤 형태로든 이기심이 자리잡고 있는 모든 개인의 삶 속에서는 경쟁의 법칙들이 활동하며 개인은 거기에 종속된다.

지금까지 무수히 많은 형태의 경제 체제가 세상의 투쟁을 근절하는 데 실패해 왔으며, 또 실패할 수밖에 없다. 그 경제 체제들은 외부적인 정치 제도들이 투쟁의 원인이라는 잘못된 생각의 결과인데, 정치 제도들은 마음속에 있는 투쟁이 눈에 보이는 일시적 결과로 나타난 것일 뿐이며, 마음속의 투쟁이 스스로를 필연적으로 나타내는 경로에 불과하다. 그 경로를 파괴하는 것은 항상 무익할 수밖에 없다. 경로가 파괴되면 마음의 에너지는 즉시 다른 경로를 스스로 만들며, 그 경로가 파괴되면 또 다른 경로를 계속해서 만들기 때문이다.

인간의 마음속에 이기심이 소중히 간직되어 있는 한 투쟁은 그칠 수 없으며, 경쟁의 법칙이 우세할 수밖에 없다. 이기심이라는 요소를 무시하거나 해명하지 않은 채 시도하는 모든 개혁은 실패한다. 반면에 이기심을 인식하고 그것을 제거하기 위한 조치를 강구하고 나서 시도하는 모든 개혁은 성공할 것이다.

이기심은 근절되어야 한다

이기심은 경쟁의 근본 원인이고, 모든 경쟁 체제의 기초이며, 경쟁의 법칙을 유지시키는 원천이다. 모든 경쟁 체제, 그리고 사람과 사람 사이의 모든 투쟁들은 개인적인 이기심을 뿌리로 하여 지구 전체를 뒤덮고 있는 거대한 나무의 가지와 잎과 같은 것이며, 고통과 슬픔은 그 나무에서 무르익은 열매와 같다.

가지를 잘라 내는 것만으로는 이 나무를 죽일 수 없다. 이것을 죽이려면 뿌리를 없애야 한다. 외부 조건을 변화시키는 조치를 취하는 것은 가지를 쳐내는 것에 불과하다. 나무의 일부 가지들을 잘라 내면 남아 있는 가지에 활력이 더 생기듯이, 경쟁적인 투쟁을 줄이기 위해 취해진 수단들이 외부적인 결과들만을 처리할 때는 사람들의 마음속에서 그 뿌리가 항상 육성되고 자라나고 있는 나무에게 힘과 활력을 더해 줄 뿐이다.

심지어 법률 제정이 성취할 수 있는 최대한의 성과도 가지를 잘라 내서 나무가 제멋대로 무성하게 자라지 못하도록 막는 것에 불과하다.

진짜 '전원 도시'는 이타적인 사랑이다

요즈음 '전원 도시'를 세우려는 엄청난 노력들이 눈에 띄고 있다. 과수원으로 둘러싸인 에덴 동산과 같은 도시를 실제로 건설하여 거기에서 사람들이 안락하고 비교적 평온하게 살게 하려는 그런 시도들

말이다. 그런 노력들이 이타적인 사랑에서 우러나온 것이라면 실로 아름답고 칭찬할 만한 것이라 하겠다. 그러나 그 도시의 거주민 대다수가 마음속의 이기심을 정복하고 억제하지 않는다면, 그런 도시는 존재할 수 없거나 그 도시가 외형적으로 지향하는 목표인 에덴 동산과 같은 모습으로 오랫동안 유지될 수 없다.

주민들 사이에 이기심의 한 형태인 방종이 널리 퍼져 있으면, 그 방종은 도시의 기초를 철저히 잠식하여 과수원을 파괴하고, 아름다운 집들 중의 상당수를 경쟁적인 상업 중심지와 개인적인 욕구 충족을 위한 역겨운 오락 중심지로 변화시킬 것이다. 그리고 일부 건물들은 질서 유지를 위한 기관들로 변모하게 될 것이며, 도시의 공유지에는 감옥, 보호 시설, 고아원이 들어서게 될 것이다. 방종의 정신이 있는 곳에서는 타인의 이익이나 공동체의 이익을 배려하지 않은 채(이기심은 항상 맹목적이기 때문에) 방종의 충동을 만족시키는 수단이 즉시 채택되어, 조만간 그 만족의 열매를 거두게 되기 때문이다.

주민들이 자기 보호보다 자기 희생이 더 낫다는 사

실을 깨닫고 먼저 그들 자신의 마음속에 이타적 사랑이라는 전원 도시를 건설하지 않는다면, 쾌적한 주택과 아름다운 정원을 많이 만드는 것만으로는 결코 전원 도시를 세울 수 없다. 충분한 수의 사람들이 마음속에 전원 도시를 건설하고 나면, 실제로 전원 도시가 생겨나서 융성하고 번창할 것이며 그 곳의 평화는 대단할 것이다. "삶의 모든 문제는 마음속에서 생겨나는 것"이기 때문이다.

해결책을 찾기

이기심이 모든 경쟁과 투쟁의 근본 원인이라는 사실을 깨닫고 나면, 이 근본 원인을 어떻게 처리해야 하는지에 관한 의문이 자연스럽게 생겨난다. 원인이 소멸되면 그것의 모든 결과도 멈추며, 반대로 원인이 증식되면 아무리 그 결과의 외부 형태를 변경시켜도 그것의 모든 결과는 계속될 수밖에 없기 때문이다.

인생의 문제에 대해 깊이 생각해 보고 인류의 고통에 관해 동정심을 가지고 숙고해 본 사람이라면 누구나, 모든 슬픔의 근저에는 이기심이 있다는 것을 알게 된다. 사실 이것은 깊은 사유로 발견하게 되는 가장 기본적인 진실들 중 하나이다. 그리고 그러한 인식과 함께 마음속에는 이기심을 극복할 명확한 방법을 공식화하려는 열망이 생겨난다.

그런 사람이 가지게 되는 첫 번째 충동은 어떤 법률을 제정하거나 새로운 사회적 합의나 규정을 도입하기 위해 노력하는 것이다. 그것은 타인의 이기심을 억제하는 역할을 한다.

그가 가지게 되는 두 번째 경향은 자신이 직면하는 이기심의 강철같이 굳센 의지 앞에 스스로 철저하게 무력함을 느끼는 것이다.

이 두 가지 정신적 태도는 모두 이기심을 이루는 요소에 대한 불완전한 이해의 결과이다. 이러한 불완전한 이해가 그를 사로잡고 있는 이유는, 그가 자기 안에 있는 이기심의 조잡한 형태들을 극복할 만큼 고결하다 하더라도 좀더 깊고 미묘한 다른 방향에서는 아직도 이기적이기 때문이다.

이러한 '무력함' 을 느끼고 난 뒤에는 두 가지 태도가 가능하다. 그 사람은 절망하여 포기하고 세상의 이기주의에 다시 동참하거나 아니면 이 난국에서 빠져 나갈 다른 방법을 찾을 때까지 계속 탐구하고 숙고할 것이다. 그리고 그는 그 방법을 발견할 것이다. 삶의 현실을 점점 더 깊이 계속 탐구하는 것, 숙고하고 깊이 생각하고 조사하고 분석하는 것, 진지하게 모든 어려움과 씨름하는 것, 그리고 진리에 대한 더 깊은 사랑을 매일 키워 나가는 것. 바로 이러한 방법들에 의해 그의 마음은 성장하고 그의 이해력은 확장되어, 결국 다음과 같은 사실을 깨닫게 될 것이다. 이기심을 없애는 방법이란 다른 사람들이 갖고 있는 이기심의 한 형태를 파괴하는 것이 아니라 자기 자신 안에서 이기심의 뿌리와 가지를 철저히 파괴하는 것이다.

이러한 진실을 인식하는 것은 영적인 깨달음이며, 일단 그것을 각성하고 나면, "곧고 좁은 길"이 모습을 드러내며 천국의 문이 멀리서 어렴풋이 보이기 시작한다.

그러면 그는 다음과 같은 말을 (다른 사람이 아닌) 자기 자신에게 적용하게 된다. "어찌하여 너는 형제의 눈 속에 있는 티는 보면서 자기 눈 속에 있는 들보는 깨닫지 못하느냐? 자기 눈 속에 있는 들보도 보지 못하면서 어떻게 형제에게 '네 눈 속의 티를 빼내어 주겠다'고 하겠느냐? 이 위선자야! 먼저 네 눈에서 들보를 빼내어라. 그래야 눈이 잘 보여 형제의 눈에서 티를 빼낼 수 있지 않겠느냐?"(마태복음 7장 3~5절)

어떤 이가 이 말을 자신에게 적용하고 이에 따라 행동하고, 자기 자신을 엄정하게 심판하면서 다른 사람을 결코 심판하지 않을 수 있다면, 그는 경쟁적인 투쟁의 지옥에서 빠져 나올 자신의 길을 찾게 될 것이고, 경쟁의 법칙을 초월하여 경쟁의 법칙을 무효로 만들 것이며, 더 차원 높은 사랑의 법칙을 찾아내고 그 법칙에 스스로 복종하여 모든 악한 것들이 자신에게서 사라지도록 할 것이다. 그러면 이기적인 자가 헛되이 추구하는 기쁨과 축복이 항상 그를 뒤따를 것이다. 그뿐만이 아니라, 그는 자기 자신을 향상시킨 뒤에는 세상을 향상시킬 것이다. 그의 모범으로 말미암아 많은 사람들이 진리의 길을 보고 그 길을 걷게 될 것이다. 그리하여 어둠의 권세는 이전보다 더 약해질 것이다.

신성神性의 질서는 완전하다

여기서 이런 질문이 나올 것이다. "하지만 자신의 이기심을 극복하여 경쟁적인 투쟁을 초월한 사람도, 주위 사람들의 이기심과 경쟁으로 인해 역시 고통 받지 않을까? 그는 자신을 정화시키기 위해 감내한 모든 수고에도 불구하고 불순한 자들로 인해 고통 받지 않을까?"

아니, 그렇지 않다. 신성한 질서의 공정함은 완벽하며 절대로 뒤집어질 수 없다. 그렇기 때문에 이기심을 극복한 자가 이기심에 의해 작동하는 법칙에 종속되는 것은 불가능하다. 바꿔 말하면, 각 개인은 오로지 자기 자신의 이기심에 의해 고통 받는다.

이기적인 사람들은 모두 경쟁 법칙의 지배를 받기 때문에, 서로가 어느 정도 타인에게 고통을 야기하는 도구의 역할을 하면서 집단적으로 고통을 겪는 것이 사실이다. 이로 인해 표면적으로는, 사람들이 자신의 죄보다는 타인의 죄 때문에 고통을 겪는 것처럼 보인다. 그러나 사실을 말하자면, 조화를 토대로 하고 모든 부분들의 완벽한 조정에 의해서만 유지될 수 있는 이 우주에서 각 단위체는 자신이 전체의 질서를 훼손한 정도만큼만 그 반작용을 받으며, 따라서 고통은 각자 스스로 초래한 것이다.

각 개인은 자기가 선택한 법칙의 지배를 받는 것이지, 결코 다른 사람의 법칙에 지배되지 않는다. 만약 그가 다른 사람들처럼 경쟁의 조건 속에서 살아가기로 선택한다면, 그는 다른 사람들처럼 고통을 겪을 것이고 더군다나 다른 사람에 의해 고통을 받을 것이다. 그러나 그가 경쟁의 조건을 버리고 다른 이들이 모르고 있는 보다 차원 높은 다른 조건 속에서 살기로 선택한다면, 그는 더 이상 저열한 경쟁의 법칙에 영향을 받거나 지배되지 않을 것이다.

이기심은 무지에서 자라난다

이제 나무의 상징으로 되돌아가서 유추를 좀더 진행시켜 보자. 나뭇잎과 가지가 뿌리에서 양분을 공급받듯이, 뿌리는 나무가 필요로 하는 자양분을 위해 땅속 어둠을 더듬어 토양에서 자양분을 얻어 낸다. 이와 마찬가지로, 악의 나무와 고통의 나무의 뿌리인 이기심은 무지라는 어두운 토양으로부터 자양분을 얻는다. 이기심은 무지 속에서 자라나며 무지에 뿌리를 두고 무지 위에서 번성한다. 여기서 내가 사용하는 무지라는 말의 의미는 학식이 없다는 뜻과는 전혀 다르며, 앞으로 논의를 전개함에 따라 그 의미가 분명해질 것이다.

이기심은 항상 어둠 속에서 더듬거린다. 이기심은 참된 지식을 하나도 갖고 있지 않다. 이기심은 지적인 광명의 원천으로부터 본질적으로 차단되어 있다. 이기심은 아무것도 모르고 어떤 법칙에도 복종하지 않는 맹목적인 충동이다. 이기심은 아무것도 모르기 때문에 경쟁의 법칙에 얽매일 수밖에 없으며, 경쟁의 법칙으로 인해 고통이 초래되는 것은 바로 세계의 조화가 유지되기 위해서이다.

우리는 온갖 선한 것들로 가득 찬 세계에서 살고 있다. 영적, 정신적, 물질적 은총의 풍부함은 이 지구상의 모든 사람들이 각자에게 필요한 모든 선을 공급 받을 뿐만 아니라 넘치는 풍요 속에 살고도 남을 만큼 엄청나다. 그러나 이런 사실에도 불구하고, 우리는 얼마나 대단한 무지를 보게 되는가!

우리는 한편으로, 수많은 사람들이 계속되는 노예

상태에 매여서 자신의 헐벗은 몸을 가려 줄 옷과 보잘것없는 빈약한 음식을 얻기 위해 끊임없이 힘들게 일하는 것을 본다. 우리는 다른 한편으로 소수의 부자들이 스스로 필요한 것보다, 그리고 자신이 잘 관리할 수 있는 것보다 더 많이 가지고 있으면서도, 꼭 필요하지도 않은 더 많은 재산을 축적하기 위하여 진정한 삶의 은총과 자신의 재산이 허용하는 방대한 기회의 축복을 스스로 모두 끊어 버리는 모습을 보게 된다. 확실히 인간은 지혜롭지 않다는 점에서, 스스로 잘 처리할 수 있는 것보다 그리고 모두가 사이좋게 포식할 수 있는 것보다 더 많은 먹이를 눈앞에 두고 서로 싸우는 짐승과 하등 다를 바 없다.

그러한 상태는 깊고 어두운 무지의 상태에서만 발생할 수 있다. 그 무지는 너무도 어둡고 심각해서 오직 사리사욕이 없는 지혜와 진실의 눈으로만 꿰뚫어 볼 수 있다. 이렇게 집과 음식과 의복을 얻기 위해 애쓰는 일상적인 행위 가운데에, 보이진 않지만 강력하고 오류가 없는 정의의 법칙이 모든 것을 다스리며 작용하여, 모든 개인에게 각자의 공로와 잘못에 대한 응분의 상벌을 할당한다. 정의의 법칙은 공명

정대하여 어떤 사사로운 호의도 베풀지 않고 어떤 부당한 벌도 주지 않는다.

정의의 법칙은 분노도 용서도 알지 못하며 철저히 진실할 뿐이다.

정의의 법칙은 모든 일의 한계를 결정하며, 오류 없는 저울로 판단한다.

시간은 무無와 같으며, 정의의 법칙은 내일,

또는 먼 훗날에 반드시 심판할 것이다.

이기심은 불안감을 낳는다

부자와 가난한 자는 똑같이 그들 자신의 이기심 때문에 고통 받는다. 부자라고 해서 고통이 없는 것이 아니다. 부자도 가난한 자와 마찬가지로 나름대로의 괴로움을 가지고 있다. 더욱이, 부자들은 자신의 부를 조금씩 계속 잃고 있는 반면 가난한 사람들은 계속해서 부를 얻고 있다. 지금 가난한 사람이 미래에는 부자가 될 수 있고 그 반대도 가능하다.

지옥에는 안정성이나 안전함이 전혀 없다. 한 형태의 고통에서 다른 형태의 고통 사이에 가끔씩 짧은

휴식 기간이 있을 뿐이다. 또한, 두려움은 커다란 그림자처럼 사람들을 따라다닌다. 이기심의 힘으로 부를 얻은 사람은 항상 불안감에 사로잡히게 되며, 부를 잃을까 봐 끊임없이 두려워할 것이기 때문이다. 반면에, 물질적 부를 이기적으로 추구하거나 탐내는 가난한 사람은 빈곤에 대한 두려움에 시달릴 것이다. 이러한 투쟁의 지옥에서 살아가는 사람들은 모두 하나의 큰 공포, 즉 죽음에 대한 공포로 마음이 그늘져 있다.

삶의 본질적 요소

무지의 어둠에 둘러싸인 채, 모든 존재의 시원始原인 동시에 생명을 유지시키는 영원한 원리에 대해 전혀 무지한 사람들은 인생에서 가장 중요한 본질적 요소가 음식과 옷이라는 미혹에 빠져 고통을 겪고 있다. 또한 사람들은 자신의 첫 번째 의무가 이것들을 획득하기 위해 노력하는 것이라는 미혹에 빠져, 이런 물질적인 요소가 모든 안락과 행복의 원천이자 근거라고 믿고 있다.

그것은 맹목적인 자기 보존(신체와 개성의 보존)의 동물적 본능이다. 이 본능으로 말미암아 각 개인은 "생계를 유지하기" 위해, 또는 "재산을 지키기 위해" 자기 자신을 다른 사람과 대립시킨다. 만약 자신이 다른 사람들을 부단히 경계하지 않고, 투쟁의 의지를 끊임없이 새롭게 하지 않는다면, 다른 사람들이 결국 "자신의 몫을 빼앗아 갈 것"이라고 믿고 있는 것이다.

이 최초의 망상으로부터 다른 모든 일련의 망상들이 생겨나고, 그로 인해 고통이 뒤따른다. 음식과 의복은 삶의 본질적인 요소가 아니며 행복의 근거도 아니다. 음식과 의복은 비본질적인 사물이며 결과에 불과하다. 그러므로 그것들은 자연 법칙의 작용에 의해 근원적 원인인 본질적 요소들로부터 생겨난다.

삶에서 본질적인 것은 인격을 이루는 영속적인 요소들이다. 즉, 성실성, 신념, 정의, 자기 희생, 동정심, 사랑이 바로 그것이다. 그리고 이것들로부터 모든 선한 것이 생겨난다.

음식과 의복, 돈은 죽어 있는 결과에 지나지 않는다. 그것들 자체에는 생명과 힘이 조금도 없으며 다만 우리가 그것들에 생명과 힘을 부여하는 한 대단하게 보일 뿐이다. 그것들은 악덕도 아니고 덕도 아니며, 은혜를 베풀 수도 해악을 끼칠 수도 없다. 사람들이 자기 자신의 존재와 동일시하여 소중히 대하고 오래오래 보존하고자 하는 육체마저도 머지않아 한 줌의 먼지로 돌아가야 한다. 그러나 좀더 차원 높은 인격적 요소들은 생명 그 자체이다. 그것들을 실천하고, 신뢰하고, 전적으로 그 안에서 살아가는 것은 천국의 삶이다.

"나는 무엇보다도 우선 상당한 재산을 모으고, 인생에서 좋은 지위를 확보한 다음에, 좀더 가치 있는 인격적 요소에 정력을 기울이겠다"라고 말하는 사람이 있다면 그는 좀더 가치 있는 요소들을 이해하지 못하는 사람이며, 실은 그것들이 좀더 가치 있다는 믿음도 없는 사람이다. 그것들이 좀더 가치 있다고 믿는 사람은 그것들을 무시하기가 불가능하기 때문이다. 그는 인생에서 재산과 명예를 늘리는 것이 더 가치 있다고 믿고 있으며, 그 때문에 돈과 명예를 먼저 추구하는 것이다. 그는 돈과 의복, 지위가 본질적으로 아주 중요하다고 믿고 있으며, 정의와 진리는 기껏해야 이차적으로만 중요하다고 생각하고 있다. 사람은 항상 더 중요하다고 생각하는 것을 위해 덜 중요하다고 생각하는 것을 희생시키기 마련이다.

음식과 의복을 얻는 것보다 정의가 더 중요하다는 것을 깨달은 사람은 그 즉시 음식과 의복에 대한 추구를 멈추고, 정의를 위해 살기 시작한다. 지옥과 천국을 나누는 경계선이 바로 이 지점이다.

사랑의 법칙을 따르며 살아가기

어떤 사람이 정의의 아름다움과 영구적인 실재성實在性을 일단 인식하고 나면, 자기 자신과 타인에 대한, 그리고 자신의 내면과 주위 사물에 대한 그의 정신적 태도 전체가 변화한다. 자신의 신체와 개성에 대한 애정이 점차 약해지고, 자기 보존의 본능은 사멸하기 시작하며, 사리사욕을 포기하는 습관이 그 자리를 대신한다. 그는 다른 사람을 위하여, 다른 사람의 행복을 위하여, 자신의 발전을 위하여, 자기 만족과 자아를 희생시켜 다른 사람들의 이익을 위해 봉사한다. 이와 같이 자아를 초월한 그는 이기심의 결과인 경쟁적인 투쟁을 초월하고 자아의 맹목적인 충동을 규제하기 위해 자아의 영역에서만 작동하는 경쟁의 법칙을 초월한다.

그는 높은 산의 정상에 올라 그 밑에 있는 계곡의 어지러운 기류氣流 위에 서 있는 사람과 같다. 구름이 비를 퍼붓고, 천둥이 치고 번개가 번쩍이며, 안개가 자욱하고, 태풍이 몰아친다 해도, 그것들은 계속되는 햇빛과 평온 속에 그가 머무르고 있는 고요한 고지高地까지는 도달하지 못한다.

그러한 사람의 인생에서는 저급한 경쟁의 법칙이 작용을 멈추며, 이제 그는 보다 차원 높은 법칙, 즉 사랑의 법칙의 보호를 받는다. 그가 사랑의 법칙을 성실히 따르는 한, 그의 행복에 필요한 모든 것은 그가 필요로 할 때마다 저절로 찾아온다.

세속적인 지위에 대한 욕망은 그의 정신 속에 들어오지 못한다. 그는 돈, 음식, 의복과 같은 인생의 외적인 필수품들에 대해서는 거의 생각하지 않는다. 그러나 그가 다른 사람의 이익을 위해 봉사하면서, 보답을 바라지 않고 자신의 모든 의무를 철저하게 수행하며 날마다 정의를 훈련하며 살아간다면, 삶에

부수적인 다른 모든 것들은 적절한 시기에 적절한 순서로 그를 뒤따른다.

"먼저 하나님의 나라를 구하라"

고통과 투쟁이 그것들의 근본 원인인 이기심 안에 포함되어 있고 또 거기서 생겨나듯이, 행복과 평화는 그것들의 근본 원인인 정의 안에 포함되어 있고 또 거기서 생겨난다. 정의는 풍성하고 포괄적인 행복이며 이 행복은 삶의 모든 영역에서 완벽하고 완전하다. 도덕적, 정신적으로 올바른 것은 신체적, 물질적으로도 올바르기 때문이다.

도덕적, 정신적으로 올바른 사람은 자유롭다. 그는 근심, 걱정, 두려움, 의기소침과 같이 자아의 요소로부터 생명력을 끌어 내는 모든 정신적 동요에서 해방되어 있기 때문이다. 그는 지속적인 기쁨과 평화 속에 살아가며, 더군다나 세상의 경쟁적인 투쟁의 한가운데 살면서도 그러하다.

그가 지옥의 한가운데를 걷고 있을지라도, 지옥의 불꽃은 그의 머리카락 한 올도 그슬릴 수 없도록 그의 앞뒤와 주위에만 떨어진다. 이기심의 사자들이 득실대는 한 가운데를 걸어가더라도, 그의 앞에서는 사자들의 턱이 벌려지지 않고 그 사나움도 누그러진다. 격렬한 생존의 투쟁에 지친 사람들이 그의 주위 사방에서 쓰러지는 중에도 그는 쓰러지지 않으며 당황하지도 않는다. 어떤 치명적인 탄환도 그에게 닿을 수 없고 어떤 독화살도 그가 걸치고 있는 견고한 정의의 갑옷을 뚫을 수 없기 때문이다. 고통, 걱정, 두려움, 결핍 상태로 그늘진, 사소하고 개인적이며 이기주의적인 삶을 잃음으로써 그는 기쁨과 평화와 풍요로 빛나는, 광대하고 명예로우며 자아를 완성하는 삶을 찾은 것이다.

"그러므로 무엇을 먹을까, 무엇을 마실까, 또 무엇을 입을까 하고 걱정하지 말라. 하늘에 계신 아버지께서는 이 모든 것이 너희에게 있어야 할 것을 잘 알고 계신다. 너희는 먼저 하나님의 나라와 하나님께서 의롭게 여기시는 것을 구하여라. 그러면 이 모든 것도 곁들여 받게 될 것이다."(마태 복음 6장 31~34절)

영구불변의 원리 찾기

침묵하라, 나의 영혼soul이여. 그리고 평화가 내면에 있음을 알라. 굳세어라, 나의 마음heart이여. 그리고 신성한 힘이 네게 있음을 자각하라. 동요를 멈추라, 나의 정신mind이여. 그러면 영원한 안식을 찾게 될 것이다.

그렇다면 인간은 어떻게 천국에 도달할 수 있는가? 인간은 어떤 과정을 통해 자신의 어둠을 소멸시킬 빛을 발견할 수 있는가? 그리고 마음속에 깊이 뿌

리박힌 끈질긴 이기심을 어떤 방법으로 극복할 수 있는가?

인간은 자기 자신을 정화함으로써 천국에 도달하게 되며, 자기 정화는 자기 반성과 자기 분석의 과정을 통해서만 가능하다. 이기심을 제거하려면 먼저 그것을 발견하고 이해해야 한다. 이기심은 스스로를 없앨 힘이 없으며, 저절로 사라지지도 않을 것이다.

어둠은 빛이 들어올 때만 사라진다. 마찬가지로 무지는 지식에 의해서만 없어질 수 있고, 이기심은 사

랑에 의해서만 없어질 수 있다. 이기심 속에는 안전함도, 안정도, 평화도 없으므로 천국을 구하는 과정 전체는 영구불변의 신성한 원리에 대한 탐구로 귀착된다. 그 원리는 인간이 자기 자신으로부터, 즉 개인적 요소로부터, 그리고 개인적인 자아가 강요하고 요구하는 횡포와 예속으로부터 벗어나 확고히 의지할 수 있는 원리이다.

자아(자신의 신성한 자아)를 찾으려는 사람은 무엇보다도 먼저 자아(자신의 이기적 자아)를 기꺼이 버려야만 한다. 그는 이기심이 집착할 가치가 없다는 것을, 이기심은 그의 봉사를 받을 가치가 전혀 없는 주인이라는 것을, 신성한 선善만이 삶의 최고 주인으로서 그의 마음속에서 왕좌를 차지할 가치가 있다는 것을 깨달아야 한다.

믿음은 지식으로 성장한다

이것은 그가 믿음을 가져야 한다는 것을 의미한다. 믿음이라는 장비가 없이는 발전도 성취도 이루어질 수 없다. 그는 순수성이 바람직한 것임을, 정의가 최고로 위대한 것임을, 성실성의 지구력을 믿어야 한다. 그는 이상理想과 완전한 선善을 항상 염두에 두고서 지치지 않는 격정과 끊임없는 노력으로 그것을 이루기 위해 애써야 한다.

그는 이 믿음을 키워 나가야 하고 그 발전을 촉진시켜야 한다. 이 믿음은 정신의 등불과 같아서, 주의깊게 심지를 다듬고 기름을 공급하여 마음속에서 계속 타오르도록 해야 한다. 이 등불의 불꽃이 사방으로 발산되지 않으면 어둠 속에서 전혀 길이 보이지 않아 자아로부터 벗어나는 길을 도무지 찾을 수 없기 때문이다. 이 불꽃이 점점 커지고 보다 안정된 빛을 발하며 타오름에 따라, 기력과 결단력, 자립심이 강해져 도움이 될 것이다. 한 걸음씩 나아갈 때마다 그의 진보는 가속화되어 결국에는 지식의 빛이 믿음의 등불을 대신하기 시작할 것이며, 어둠은 지식의 빛이 발산하는 날카로운 광휘 앞에 사라지기 시작할 것이다.

그의 정신적 시야 속으로 신성한 삶의 원칙들이 들어올 것이며, 그가 그 원칙들에 가까이 다가갈수록 그것들의 비길 데 없는 아름다움과 장엄한 조화

symmetry가 그를 눈부시게 할 것이며, 그의 마음은 이제껏 알지 못했던 기쁨으로 가득 찰 것이다.

세 가지 포기의 길

극기와 자기 정화의 이 길을 따라 모든 영혼은 천국으로 가는 길을 걸어야 한다. 이 길은 매우 좁고, 그 입구는 이기심의 잡초들로 뒤덮여 있어서 찾기가 힘들고, 찾는다 해도 매일 명상하지 않고는 이 여정이 유지될 수도 없다. 매일 명상하지 않는다면 정신적인 에너지는 점점 약해지고, 이 여정을 계속하는데 필요한 힘을 잃게 된다. 육체가 유형의 음식물에 의해 유지되고 기운을 얻는 것처럼, 영혼은 영적 음식, 즉 영적인 존재와 사물에 대한 명상을 통해 힘을 회복하고 강해진다.

그러므로 천국을 찾기로 진지하게 결심한 사람은 명상을 하기 시작할 것이며, 그의 성취 목표인 최고 이상supreme perfection의 빛 안에서 자신의 마음과 정신과 삶을 엄격하게 살피기 시작할 것이다.

그 목적지로 가는 도중에, 그는 세 가지 포기의 길

을 거쳐야 한다. 첫 번째는 욕구의 포기이고, 두 번째는 의견의 포기이며, 세 번째는 자아의 포기이다. 명상에 들어가면, 그는 자신의 욕구들을 검토하여 그것들이 마음속에서 일어나는 과정을 지켜보고 또 자신의 삶과 성격에 그것들이 미치는 영향을 철저하게 추적하기 시작할 것이다. 그리하여 그는, 욕구의 포기가 없이는, 인간이 자아와 환경과 상황의 노예로 남게 된다는 것을 재빨리 파악하게 될 것이다. 이 사실을 발견하고 나면 첫 번째 관문인 욕구의 포기라는 문 안으로 들어온 셈이다. 이 문으로 들어오고 나면, 그는 영혼의 정화에서 첫 단계인 자기 수양self-discipline의 과정을 받아들인다.

욕구 포기하기

지금까지 그는 저급한 충동이 시키는 대로 먹고, 마시고, 자고, 쾌락을 좇으며, 마치 천박한 짐승처럼 살아왔다. 마음 내키는 대로 절도 없이 맹목적으로 욕구를 만족시키고, 자신의 행위에 의문을 갖지도 않고, 자신의 인격과 삶을 규제할 확고한 중심도 없이 살아온 것이다.

그러나 이제 그는 인간답게 살기 시작한다. 그는 자신의 성향과 격정을 제어하고 덕의 실천에 마음을 고정시킨다. 그는 쾌락의 추구를 멈추고, 이성의 지시를 따르며, 이상理想의 요구에 따라 자신의 행동을 규제한다. 그는 이렇게 자신의 삶을 규제하기 시작하면서, 어떤 습관들은 반드시 버려야 한다는 것을 즉시 인식하게 된다.

그는 자신이 먹을 음식을 선택하고 정해진 시간에만 식사하기 시작하며, 먹음직스런 음식에 접하고 식욕이 일어날 때마다 먹는 경우는 더 이상 없게 한다. 또, 하루에 먹는 식사의 횟수를 줄이고 먹는 양도 줄인다.

그는 밤이든 낮이든 유쾌한 게으름에 탐닉하기 위해 잠자리에 드는 일이 더 이상 없게 하고, 대신에 몸이 필요로 하는 휴식을 취하기 위해서만 잠자리에 든다. 그러므로 그는 수면 시간을 일정하게 유지하고, 일찍 일어나며, 깨어난 뒤에도 몽롱한 나태함을 즐기려는 동물적 욕구를 결코 만족시키지 않는다.

그는 폭식, 잔혹 행위, 만취 상태와 긴밀하게 관련

된 음식과 음료는 모두 배제하고, 자연이 넘치도록 풍부하게 제공하는 부드럽고 신선한 음식을 선택할 것이다.

그는 이러한 예비 단계들을 당장 받아들일 것이다. 그리고 자제自制와 자기 반성의 길을 계속 걸음에 따라, 욕구의 본질과 의미와 결과에 대해 점점 더 명확히 인식하게 되어 마침내 자신의 욕구를 규제하는 것만으로는 전적으로 부적당하고 불충분하다는 것을, 욕구 그 자체를 버려야 한다는 것을, 욕구는 마음속에서 뿌리 뽑혀야 하고 인격과 삶에 아무 관계도 없어야 한다는 것을 깨닫게 될 것이다.

유혹의 계곡에 들어가기

천국을 구하는 영혼이 유혹의 어두운 계곡 속으로 들어가게 되는 것은 바로 이 시점이다. 여러 욕구들은 지금까지 지녀온 힘과 권위를 거듭 주장하려는 몸부림과 격렬한 노력을 수없이 전개한 뒤에야 소멸할 것이기 때문이다. 따라서 여기서부터는 믿음의 등불에 기름을 계속 붓고 그 심지를 부지런히 다듬어 줘야 한다. 믿음의 등불이 발산하는 모든 빛은 이 어두운 계곡의 짙은 어둠 속에서 여행자를 안내하고 격려하는 데 필요할 것이기 때문이다.

처음에 그의 욕구들은, 마치 야수들처럼, 만족시켜 달라고 시끄럽게 요구할 것이다. 그것이 실패하면, 욕구들은 그를 거꾸러뜨리기 위해 자신들과 싸우도록 유혹할 것이다. 이 마지막 유혹은 첫 번째 유혹보다 더 크고 극복하기도 어렵다. 욕구들은 완전히 무시당하기 전까지는, 즉 주의를 받지 못한 채 버려지고, 무조건적으로 포기되어, 먹이가 부족해서 소멸하기 전까지는 진정되지 않을 것이기 때문이다.

천국을 구하는 자는 이 계곡을 통과하는 과정에서, 이후에 자신을 더욱 발전시키는 데 필요한 힘들을 계발하게 된다. 그 힘들은 바로 자제심, 자립심, 용기, 자주적인 사고思考이다.

또한 여기서 그는 비웃음과 조롱, 그릇된 비난을 경험해야 할 것이다. 그의 가장 친한 친구, 심지어 그가 가장 아낌없이 사랑하는 이들마저 그가 어리석고 일관성이 없다고 책망할 것이며, 동물적 욕구에 탐닉하는, 자기 본위의, 하찮은 개인적 투쟁의 삶으로 그를 되돌리기 위해 최선을 다해 설득할 것이다.

그의 주위에 있는 거의 모든 사람들은 그의 의무에 대해 자신들이 본인보다 더 잘 알고 있다고 생각할 것이다. 그리고 그들은 흥분과 고통이 뒤섞인 자신들의 생활보다 더 나은 다른 삶을 전혀 알지 못하기 때문에, 그를 다시 예전의 생활로 돌아오도록 설득하기 위해 안간힘을 쓸 것이다. 보다 나은 삶을 알지 못하는 그들은, 그가 인생의 즐거움과 행복을 상당 부분 놓치고 있고 그 대가로 아무것도 얻지 못하고 있다고 여길 것이다.

처음에는 주위 사람들의 이러한 태도가 그에게 격심한 고통을 일으킬 것이다. 그러나 그는 이 고통이 자신의 허영과 이기심에서 비롯된 것이며, 높이 평가받고, 존경 받고, 좋은 사람으로 인식되고 싶은 미묘한 욕구의 결과라는 것을 재빨리 깨닫게 될 것이다. 이러한 깨달음에 도달하는 즉시, 그는 더 높은 의식 상태로 들어갈 것이며, 그 상태에서는 더 이상 이런 문제가 그에게 일어날 수도 없고 고통을 야기할 수도 없다. 그가 굳건히 서고, 이미 언급한 정신력들을 효과적으로 사용하기 시작하는 것은 이 시점이다.

그러므로 그는 친구들의 비난과 그의 내면에 있는 적들의 외침에 귀기울이지 말고, 용감하게 길을 재촉해야 한다. 열망하고, 탐구하고, 노력하면서, 성스러운 사랑의 눈으로 자신의 이상을 항상 바라보면서, 매일 자신의 정신과 감정에서 이기적인 동기와 불순한 욕망을 제거하면서, 가끔은 비틀거리기도 하고 가끔은 실패도 하지만 더 높은 곳을 향해 항상 나아가면서, 매일 밤 마음을 가라앉히고 그 날의 여정을 되돌아보면서 전진해야 한다. 날마다 성스러운 전투를 치렀다면 설령 졌더라도, 또 날마다 어떤 정신적 승리를 시도했다면 설령 이루지 못했더라도 절망하지 말아야 한다. 자아의 극복에 온 정신을 기울이는 사람에게는 오늘의 손실이 내일의 이득을 더해줄 것이다.

계곡에서 내려오기

계곡을 지나가고 나면, 그는 마침내 슬픔과 고독의 들판에 이르게 된다. 그에게서 격려와 양식을 전혀 받지 못한 욕구들은 점차 약해졌고, 이제는 소멸해

가고 있다. 그는 계곡을 벗어나고 있으며 어둠은 엷어지고 있다. 그러나 지금 그는 처음으로 자신이 혼자라는 사실을 깨닫는다. 그는 밤중에 커다란 산의 가장 낮은 기슭에 서 있는 사람과 같다. 그의 머리 위로는 높은 산봉우리가 우뚝 솟아 있고, 그 너머에는 영원한 별들이 반짝이고 있다. 그의 발밑 약간 떨어진 곳에는, 그가 떠나온 도시의 눈부신 불빛이 반짝이고, 그 도시 사람들의 소음(외치는 소리, 비명 소리, 웃음소리, 자동차 소리, 음악 소리가 한데 뒤섞인)이 그에게 들려온다. 그는 지금 그 도시에서 제각기 나름대로의 쾌락을 추구하며 살아가는 친구들을 생각하며 산 위에 홀로 서 있는 것이다.

그 도시는 욕망과 쾌락의 도시이고 그 산은 포기의 산이다. 그 산을 오르는 사람은 자신이 속세를 떠났고, 앞으로 속세의 흥분과 투쟁은 자신에게 무가치한 것들이며, 더 이상 자신을 유혹할 수 없다는 것을 이제 알고 있다. 이 외로운 장소에서 잠시 쉬고 있는 동안, 그는 슬픔을 맛보고 슬픔의 비밀을 알게 될 것이며, 무자비함과 증오는 그에게서 떠나갈 것이다. 그의 마음은 점차 부드러워지고, 성스러운 연민의 생각이 처음으로 어렴풋이 생겨나 마음을 따뜻하게 하고 고양시킬 터인데, 이 자비심이 나중에는 그의 전 존재를 채우게 될 것이다. 그는 투쟁과 고통 속에 살아가는 모든 존재들을 동정하기 시작할 것이며, 이러한 동정심의 교훈을 배움에 따라 그의 슬픔과 고독은 타인에 대한 그의 위대하고 고요한 사랑 속에 점차 잊혀지고 사라질 것이다.

또한, 여기서 그는 개인과 국가의 운명을 지배하는 보이지 않는 법칙의 작용을 인식하고 이해하기 시작할 것이다. 자신의 내부에 있는 투쟁과 이기심의 저급한 영역을 초월한 그는 이제 다른 사람과 세상 속에 자리잡은 저급한 영역을 조용히 내려다보며 그것을 분석하고 이해할 수 있다. 그리하여 그는 이기적인 노력이 어떤 방식으로 세상의 모든 고통의 근저에 있는지를 알게 될 것이다.

다른 사람과 세상을 대하는 그의 마음가짐 전체가 이제 철저한 변화를 경험하고, 그의 마음속에서 연민과 사랑이 이기주의와 자기 방어를 대신하기 시작한다. 그 결과 그를 대하는 세상의 태도도 달라진다.

이 중대한 시점에서, 그는 경쟁의 어리석음을 인식

하여 다른 사람을 능가하고 이기려는 노력을 멈추고, 이타적인 생각으로 다른 이들을 격려하기 시작할 것이며, 행동이 필요할 때는 정다운 행동으로 다른 이를 도울 것이다. 그는 심지어 이기적으로 그와 경쟁을 벌이려는 사람들에게도 이런 식으로 행동할 것이며, 더 이상 그들에 맞서 자신을 방어하지 않을 것이다.

슬픔의 들판을 넘어

이런 변화의 직접적인 결과로서 그의 세속적인 일들이 전에 없이 번영하기 시작한다. 처음엔 그를 조롱했던 친구들 중 상당수가 그를 존경하기 시작하고, 심지어는 사랑하게 된다. 그리고 그는 저급한 이기적 본성 속에서 살고 있을 때는 전혀 알지 못했던, 속세를 완전히 초월한 고귀한 타입의 사람들과 자신이 만나고 있다는 사실을 갑작스럽게 깨닫게 된다. 먼 거리에 있는 여러 곳으로부터 이런 사람들이 찾아와서 그를 섬기고 그들 또한 그에게 섬김을 받아 정신적인 친교와 사랑의 형제애가 그의 삶에 충만할 것이며, 그리하여 그는 슬픔과 고독의 들판을 넘어가게 될 것이다.

저급한 경쟁 법칙은 이제 그의 삶에 작용하지 않으며, 경쟁 법칙의 결과인 실패, 재난, 발각, 궁핍은 더 이상 그의 경험 속에 들어오거나 그의 경험의 일부가 될 수 없다. 이것은 단순히 그가 자기 내면의 저급한 이기적 성향들을 초월했기 때문만이 아니라, 그런 초월의 과정에서 어떤 정신력, 즉 좀더 강력하고 훌륭한 솜씨로 자신의 일을 관리하고 지배할 수 있는 힘도 개발했기 때문이다.

그러나 그는 아직 멀리 나아간 것이 아니다. 잠시라도 꾸준한 노력을 게을리한다면, 언제라도 그는 어둠과 투쟁의 낮은 세계로 다시 떨어져 그 곳의 공허한 쾌락에 다시 탐닉하고, 그 곳의 쓸모 없는 욕망들에 다시 사로잡힐 수 있다. 그리고 인간이 통과해야 하는 가장 큰 유혹, 즉 의심의 유혹에 그가 도달했을 때가 특히 위험하다.

의심의 사막

두 번째 관문인 의견 포기의 문에 도달하기 전에, 혹은 그 문을 알아보기도 전에, 순례자는 의심의 사막이라는 거대한 영혼의 사막을 만나게 될 것이다. 그는 당분간 이곳에서 방황할 것이며, 낙담, 우유부단優柔不斷, 불안과 같은 우울한 심정이 구름처럼 그를 둘러싸서 한 치 앞의 길도 보이지 않을 것이다.

새롭고 기묘한 두려움도 아마 그를 덮칠 것이다. 그러면 그는 자신이 추구하고 있는 진로가 현명한 것인지에 대해 의문을 품기 시작할 것이다. 세상의 여러 유혹들이 가장 매혹적인 옷을 걸치고 다시 그의 앞에 나타날 것이며, 세속적인 다툼의 시끄러운 소음과 자극적인 흥분이 다시 한 번 매력적인 모습으로 보일 것이다.

"결국, 내가 옳았는가? 이렇게 해서 무슨 이득이 있는가? 인생 자체가 쾌락과 흥분과 다툼으로 이루어져 있는 게 아닌가. 그런데 이것들을 포기한다면 나는 모든 것을 포기하는 것이 아닐까? 나는 무의미한 그림자를 위해 인생의 실체를 희생시키고 있는 것이 아닌가? 결국, 나는 속고 있는 불쌍한 바보가 아닐까? 실속 있고, 확실하고, 쉽게 얻어지는 향락에 의지한 채 감각적인 생활을 하는 내 주위 사람들이 나보다 더 현명한 것이 아닐까?"

이러한 어두운 의심과 의문으로 그는 유혹받고 괴로워할 것이다. 그리고 이러한 의심은 그가 삶의 복잡한 문제들을 더욱 깊이 탐구하도록 자극할 것이고, 또한 그의 마음속에서 의지하고 피난할 수 있는 어떤 영구불변의 원리가 필요하다는 느낌이 생겨나게 할 것이다.

그러므로 그는 이 어두운 사막에서 방황하는 동안, 자신의 마음속에 있는 좀더 미묘하고 차원 높은 미혹인 지성의 미혹들을 마주치게 될 것이다. 그리고 이 미혹들을 자신의 이상理想과 대조시킴으로써 현실과 비현실, 환영과 실체, 결과와 원인, 덧없는 현상과 영원한 원리를 구별하는 법을 알게 될 것이다.

인간은 의심의 사막에서 모든 형태의 환상, 즉 감각의 환상뿐만이 아니라 추상적인 사고와 종교적인 감정의 환상에도 직면한다. 인간이 분별력, 영적 인식, 목표의 확고함, 침착성과 같은 좀더 높은 수준의 힘을 계발하는 것은 바로 이런 환상들을 검사하고,

해결하려 노력하고, 결국 파괴하는 과정을 통해서이다. 그리고 이러한 정신적 힘을 활용하면, 정신 세계와 물질적 외형의 세계 양쪽 모두에서 진실과 거짓을 정확히 구별할 수 있다.

이러한 힘을 획득하고, 그것을 신성한 정신적 전투에서 자아를 물리치는 무기로 사용하는 방법을 터득하고 나서, 그는 의심의 사막에서 빠져 나온다. 미혹의 안개와 신기루는 어느덧 그의 앞길에서 사라지고, 그의 눈앞에는 두 번째 관문인 의견 포기의 문이 모습을 드러낸다.

이 문에 가까이 다가가면, 그는 자신이 걷고 있는 길 전체를 눈앞에 보게 된다. 그리고 잠시 동안, 그는 얼핏 자신이 향하고 있는 영광스러운 성취의 언덕을 볼 것이다. 보다 차원 높은 삶의 신전이 장엄한 아름다움으로 빛나는 광경을 흘낏 보는 것이다. 그는 이미 마음속으로 자아 극복의 힘과 기쁨과 평화를 느끼고 있다. 이제 그는 갈라하드Galahad 경卿의 다음과 같은 말을 크게 외칠 수 있다. 자신이 결국에는 반드시 승리한다는 것을 알고 있으므로.

"나는 …… 성배聖杯를 보았다.

신성한 성배를 ……

…… 그리고 하나님이 나를 왕위에 앉힐 것이다.

저 멀리 영혼의 도시에서."

생각을 원리에 맞추기

그는 지금까지 추구해 왔던 것과는 완전히 다른, 자아 극복의 과정에 이제 들어선다. 지금까지 그는 자신의 동물적 욕구를 극복하고, 변화시키고, 단순화시켜 왔다. 그런데 이제 그는 자신의 지성을 변화시키고 단순화시키기 시작한다. 그는 지금까지 자신의 감정을 자신의 이상理想에 맞추어 왔는데, 이제는 자신의 생각을 그 이상에 맞추기 시작한다. 또한, 이 시점에서 그 이상理想은 좀더 크고 아름다운 균형과 조화를 나타낸다. 그리하여 처음으로 그는 영구불변의 원리를 정말로 이루고 있는 것이 무엇인지 이해한다.

그는 자신이 애써 찾던 정의가 변하지 않는 고정된 것임을 깨닫는다. 또한 정의가 사람에게 적응하는 것이 아니라, 반대로 사람이 정의에 다가가야 하고 정의에 순응해야 한다는 것을 깨닫는다. 또 정의로움은 손실이나 이득, 보상이나 처벌에 관한 모든 고려를 배제한 정도正道에서 벗어나지 않는 행위의 길로 이루어져 있음을 깨닫는다. 또한 실제로, 정의는 자아를 구성하는 욕망과 의견과 이기주의의 모든 죄와 함께 자아를 버리고, 모든 인간과 생명체를 향해 완전한 사랑을 베푸는 결백한 삶을 영위하는 데 있음을 깨닫는다. 그러한 삶은 확고하고 순수하다. 그것은 굴곡이나 변화, 제한이 없는 삶이며, 죄 없는 완전한 행위를 필요로 하기 때문이다. 그러므로 그것은 세속적인 자아의 삶과 정반대인 셈이다.

이 사실을 인식한 구도자는, 자신이 비록 인류를 노예로 만들고 있는 저급한 격정과 욕망에서 벗어났다 하더라도 의견의 속박에 여전히 매여 있음을 알게 된다. 또한 극소수의 사람만이 열망하는, 세상이 이해하지 못하는 순수성으로 자신을 정화시켰다 하더라도 여전히 씻어 내기 어려운 더러움에 자신이 오염되어 있음을 알게 된다. 즉 그는 자신의 의견을 사랑하고 있고, 그 의견을 자신이 애써 찾고 있는 원

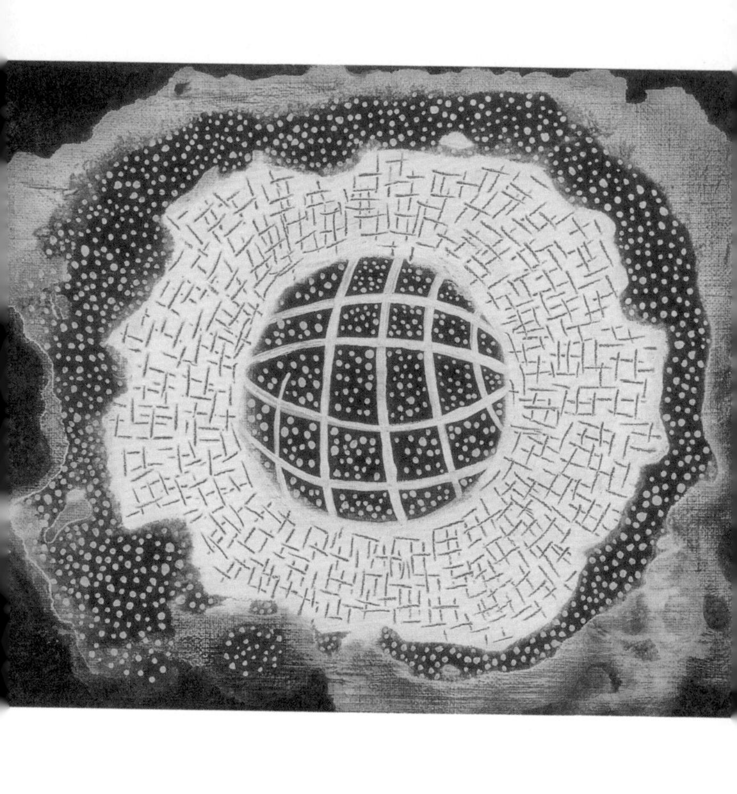

리인 진리와 혼동해 왔던 것이다.

그는 아직 투쟁에서 벗어나지 못했고, 고차원적인 사고의 영역에서 일어나는 경쟁의 법칙에 여전히 휘말려 있다. 그는 자신이 (자신의 의견이) 옳고, 다른 사람의 의견은 틀리다고 여전히 믿고 있다. 그리고 그는 자기중심주의에 빠져 있어, 자신의 의견과 반대되는 의견을 가진 사람들에게 동정심을 느끼는 체할 만큼 타락하였다. 그러나 그가 자신을 속박하는 이런 식의 좀더 미묘한 이기심을 이해하고, 거기서 생겨나는 모든 일련의 고통을 인식하고, 값을 따질 수 없는 영적 통찰력을 얻고 나면, 경건하게 머리를 숙이고서 자신의 마지막 평화를 향한 두 번째 관문을 통과한다.

모든 의견은 가치 없는 것

이제 그는 아무 색깔도 없는 겸손의 옷을 영혼에 걸치고, 자신의 모든 에너지를 이제까지 사랑하고 소중히 간직해 온 의견들을 마음속에서 뿌리 뽑는 데 기울인다.

그는 불변하는 유일의 진리와 진리에 관해 자신과 세상 사람들이 생각하는, 수없이 다양하고 변화하는 의견을 구별하는 법을 터득한다.

그는 선, 순수, 동정심, 사랑에 관한 자신의 의견이 그런 자질 자체와는 매우 다르며, 자신의 의견이 아닌 그 신성한 원리 자체에 의지해야 한다는 것을 이해한다. 지금까지 그는 자신의 의견이 아주 가치 있는 것이고 다른 사람의 의견은 무가치하다고 여겨왔다. 그러나 이제 그는 다른 사람의 의견에 맞서 자신의 의견을 드높이고 방어하는 것을 그만두고, 자신의 의견을 철저히 무가치한 것으로 여기게 된다.

모든 의견을 초월하는 기쁨

이러한 마음가짐의 직접적인 결과로서, 그는 저급한 욕망이나 미묘한 자기애와 뒤섞이지 않은 순수한 선을 실천하는 데서 위안을 구하고, 순수와 지혜, 동정심과 사랑의 신성한 원칙들을 삶의 토대로 삼아 그것들을 자신의 마음속에 통합시키고, 삶 속에서 그것들을 구현하게 된다.

이제 그는 (세상 사람들에게는 불가해한) 그리스도의 정의를 옷처럼 입고 있으며, 빠르게 성스러워지고 있다. 그는 욕망의 어둠을 깨달았을 뿐만 아니라 사변 철학의 공허함도 깨달았다. 그래서 실제적인 성스러움과는 아무 관련이 없고, 지금까지 그의 발전을 방해했으며, 삶 속의 영원한 진실들을 보지 못하게 만들었던 교묘한 형이상학적 분별을 마음속에서 모두 제거한다.

그리고 그는 자신의 의견과 추론을 하나씩 차례로 던져 버리고, 모든 존재를 향한 완전한 사랑의 삶을 살기 시작한다. 각각의 의견을 일종의 무거운 짐으로 여겨서 차례로 극복하고 버림에 따라 영혼은 점점 더 밝게 빛나며, 이제 그는 "자유롭다"는 것의 의미를 깨닫기 시작한다.

기쁨, 즐거움, 평화의 성스러운 꽃이 그의 마음속에서 자연히 피어나고, 그의 삶은 기쁨이 넘치는 노래가 된다. 마음속의 멜로디가 확대되고 점점 더 완전한 화음을 이루면, 그의 외면적인 삶은 내면의 음악과 스스로 조화를 이룬다.

그가 기울이는 모든 노력은 이제 투쟁에서 벗어나

있기 때문에, 그는 자신의 행복에 필요한 모든 것을 고통이나 걱정, 또는 두려움 없이 얻는다. 그는 경쟁의 법칙을 거의 전적으로 초월하였고, 사랑의 법칙이 이제 그의 삶을 지배하는 요인이 되어, 애써 노력하거나 어려움을 겪지 않고도 그의 모든 세속적인 일들은 조화롭게 조정될 것이다.

실로, 상업의 세계에서 발생하는 경쟁의 법칙은 그에게 오랫동안 잊혀져 왔고, 그의 경제적인 문제에 관해서도 전혀 영향을 끼치지 않게 되었다. 또한 여기서 그는 좀더 넓고 포괄적인 의식 상태로 들어가서, 그가 도달한 차원 높은 순수성과 이해의 관점에서 세계와 인류를 조망하면서, 모든 인간사에서 질서 정연한 법칙의 이치를 파악한다.

고뇌의 끝

이러한 길을 계속 추구하다 보면 좀더 수준 높은 정신력, 즉 성스러운 인내심, 영적인 평정심, 무저항, 예언자적 통찰력이 생겨난다. 내가 말하는 예언자적 통찰력이란 앞으로 일어날 사건을 예언하는 능력이 아니다. 그것은 실로 모든 인간의 삶과 생명체의 삶에 작용하여 다양하고 보편적인 결과와 사건들을 발생시키는 숨겨진 원인들에 대해 직관적으로 인식하는 능력을 말하는 것이다.

이 시점에서 그는 사고思考의 세계에서 작용하는 경쟁의 법칙을 초월한다. 그리하여 경쟁의 법칙으로 인해 생기는 모든 형태의 폭력, 치욕, 슬픔, 모욕, 고민, 근심은 더 이상 그의 삶에 발생하지 않는다.

그가 앞으로 나아감에 따라, 세계의 기초와 구조를 이루는 불멸의 원리가 그에게 모습을 드러내고, 점점 더 균형 잡힌 조화와 비례를 나타낸다. 그에게 더 이상의 고뇌는 없으며, 어떤 악도 그의 근처에 얼씬거리지 못한다. 그리고 영구적인 평화의 조짐이 그에게 갑자기 나타난다.

그러나 그는 아직 자유롭지 않다. 그는 아직 여행을 끝마치지 않았다. 그는 여기서 쉴 수도 있다. 그것도 그가 원하는 만큼 오랫동안 쉴 수 있다. 그러나 얼마 안 가서 그는 마지막 노력에 박차를 가할 것이고, 마지막 성취 목표인 무아無我의 상태, 신성한 삶에 도달할 것이다.

그는 아직 자아로부터 자유롭지 않다. 예전보다 집착이 덜하기는 하지만, 여전히 개인적인 존재에 대한 사랑과 그의 개인적인 소유물에 대한 독점적인 권리에 집착하고 있다. 그가 마침내 그런 이기적 요소마저 버려야 한다는 사실을 깨달을 때, 그의 눈앞에는 세 번째 관문인 자아 포기의 문이 나타난다.

영광스러운 마지막 큰 관문

그가 지금 다가가고 있는 것은 어둠의 입구가 아니라, 성스러운 영광으로 빛나는 문, 지상의 어떤 광채와도 비교할 수 없는 눈부신 광휘로 빛나는 문이다. 그는 확신에 찬 걸음걸이로 그 문을 향해 나아간다. 의심의 구름은 오래 전에 흩어졌고, 유혹의 목소리는 저 아래 계곡에서 사라졌다. 그래서 그는 확고한 걸음걸이와 곧은 몸가짐, 말로 형용할 수 없는 기쁨에 가득 찬 마음으로, 천국의 입구를 지키는 문에 가까이 다가간다.

그는 합법적인 권리로 소유하고 있는 것들에 대한 사리사욕은 제외하고 나머지 모든 것을 포기했다.

그러나 이제 그는 어떤 것도 자신의 것으로 소유해서는 안 된다는 것을 깨닫는다. 그리고 그는 문 앞에서 잠시 멈추어 있을 때, 회피하거나 부인할 수 없는 다음과 같은 명령을 듣게 된다. "너에게 부족한 것이 한 가지 있다. 네가 완전한 사람이 되려면 가서 네 재산을 다 팔아 가난한 사람들에게 나누어 주어라. 그러면 네가 하늘에서 보물을 얻게 될 것이다."

이 마지막 큰 관문을 통과하고 나면, 그는 욕망과 의견과 자아의 압제로부터 벗어나, 영광스럽고, 찬란하고, 자유로운 상태가 된다. 이제 그는 악의 없고, 인내심 많고, 상냥하고, 순수한, 성스러운 인간이다. 그는 자신이 추구해 왔던 것(하나님의 나라와 하나님의 정의)을 마침내 찾은 것이다.

믿는 자는 모두 도달한다

천국으로 가는 여행은 길고 지루할 수도 있지만, 짧고 빠르게 끝날 수도 있다. 1분이 걸릴 수도 있고, 천 년이 걸릴 수도 있다. 모든 것은 탐구자 자신의 신념과 믿음에 달려 있다. 대부분의 사람들은 "믿음이 없기 때문에" 들어가지 못한다. 정의를 믿지 않고, 정의를 실현할 가능성도 믿지 않는 사람들이 어떻게 정의를 실현할 수 있겠는가?

반드시 속세를 등지고 세상 속에서의 의무를 떠나야 하는 것은 아니다. 오히려 하나님의 나라는 사심 없는 마음으로 자신의 의무를 수행함으로써 찾을 수 있다. 믿음이 아주 강한 사람은, 이 진리를 접했을 때 모든 개인적인 요소를 마음속에서 거의 즉시 떨쳐 버리고 자신의 영적 유산인 천국에 바로 들어갈 수도 있다.

정의를 믿고 정의를 실현하고자 열망하는 모든 사람들은, 만약 그들이 세상의 의무를 모두 이행하는 중에도 정신을 잃지 않고 이상적인 선을 잊지도 않은 채 "완전한 삶을 향해 길을 재촉하기"로 확고히 결심하고 전진한다면, 조만간에 자아를 극복하고 정신적인 승리를 거두게 될 것이다.

천국에서 안식하면 모든 것이 더해진다

투쟁의 나라에서 사랑의 나라로 가는 전체 여정을 한 마디로 간단히 요약하자면, 행위의 규제와 정화의 과정이라 할 수 있다. 이 과정을 부지런히 수행하면 반드시 완전의 경지에 이르게 된다. 인간은 자기 내부에 존재하는 힘들에 대해 지배력을 얻고 나면, 그 힘들의 영역에서 작용하는 모든 법칙을 이해하게 되고, 자기 마음속에서 끊임없이 일어나는 원인과 결과의 작용을 이해될 때까지 지켜보고 나면, 심리적 요인이 인류의 문화와 역사 전체에서 보편적으로

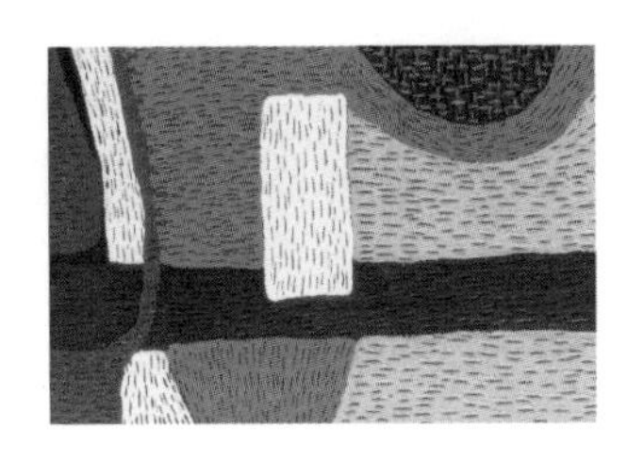

작용하는 방식을 이해하게 된다.

더욱이 인간사를 지배하는 모든 법칙은 심리적 인과율의 직접적인 결과이므로, 자신의 심리적 필연성을 변화시킨 사람은 변화된 조건에 따라 작용하는 다른 법칙의 지도를 받는다. 자기 마음속의 이기적인 힘들을 지배하고 극복하고 나면, 그런 힘들을 다스리기 위해 존재하는 법칙에 더 이상 종속될 수 없는 것이다.

이 과정은 정신을 단일화하는 과정이기도 하다.

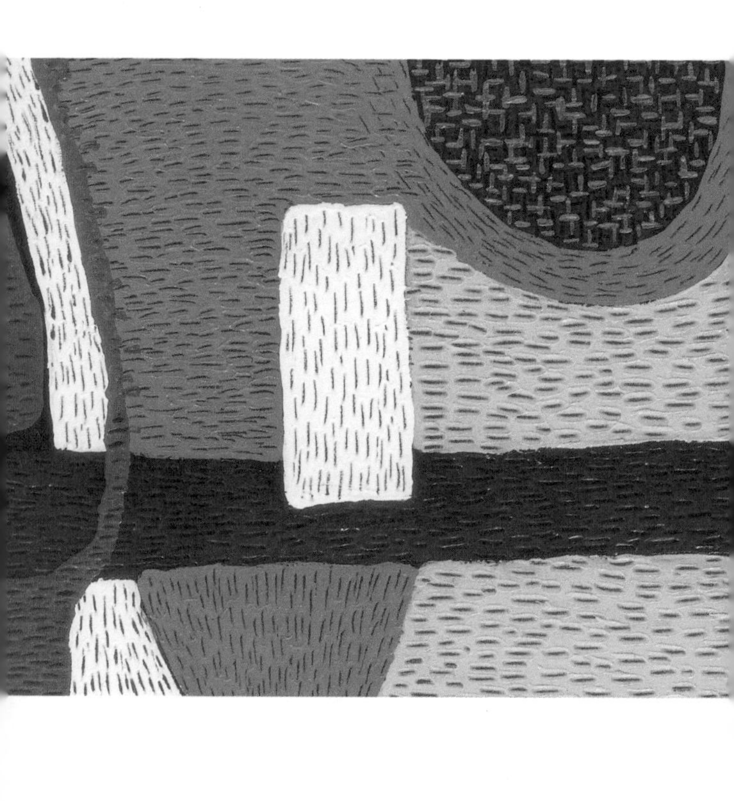

즉, 성격에서 본질적인 고귀한 요소만 제외하고 나머지 모든 것을 걸러내는 과정이다. 그리고 정신이 단일화되어 갈수록 도저히 이해할 수 없을 것처럼 보였던 삼라만상의 복잡성이 점점 더 단순해지며, 결국에는 전 세계의 모든 현상이 불변의 몇몇 원리들에 기초하고 있다는 것과 이 원리들은 사랑이라는 유일한 원리에 포함되어 있다는 것을 알게 된다.

다른 사람에 대한 동정심

이렇게 정신이 단일화된 사람은 평화에 도달하며, 그는 이제 진정으로 살기 시작한다. 영원히 포기해버린 개인적 삶을 돌이켜보면, 끔찍한 악몽에서 깨어난 것처럼 여겨질 뿐이다. 그런데 그가 영혼의 눈으로 살펴보면, 다른 사람들은 여전히 그 악몽 속에 살고 있다. 그는 하나님이 인류에게 넘치도록 풍부히 베풀어 주는 것을 두고 사람들이 서로 다투고, 싸우고, 고생하고, 죽어 가는 모습을 본다. 모든 탐욕을 거두면 아픔이나 방해 없이도 얻을 수 있는 것을 두고서 말이다. 그리하여 그의 마음은 연민으로 가득 차지만 기쁨도 또한 샘솟는다. 인류가 결국에는 길고 고통스러운 악몽에서 깨어난다는 것을 그는 알고 있기 때문이다.

여정의 초반부에 그는 인류를 멀리 떠나온 것처럼 보였고, 혼자 외롭게 슬퍼했었다. 그러나 가장 높은 곳에 도달하고 목표를 달성한 지금, 그는 자신이 어느 때보다 더 인류와 가까워져 있음을 발견한다. 그는 인류의 마음 한가운데에 살면서 인류의 모든 슬픔에 공감하고 인류의 모든 기쁨을 더불어 기뻐하게 된다. 더 이상 방어해야 할 개인적인 입장이나 고려사항이 전혀 없으므로 그는 전적으로 인류의 중심heart에서 살아간다.

그는 더 이상 자신을 위해 살지 않고 남을 위해서 살아간다. 그리고 그는 그렇게 살면서 최고의 행복과 가장 심오한 평화를 누린다.

한동안은 동정, 사랑, 행복, 진리를 추구하였으나 이제 그는 진실로 동정, 사랑, 행복, 진리가 되었다. 그에게는 모든 개인적인 요소가 소멸되었고 전적으로 보편적인imper-sonal 자질과 원리만이 남았으므로, 개인적인 존재로서 그의 삶은 끝났다고 말할 수 있다. 지금 그의 삶에서는 사랑이나 진리와 같은 보편적인 자질들이 표현되고 있으며, 앞으로는 그의 성격에서도 그런 자질들이 분명히 나타난다.

또한 그는 자기 방어를 그만두고, 항상 동정심과 지혜와 사랑 속에서 살아가면서 최고의 법칙, 즉 사랑의 법칙의 보호를 받는다. 그는 사랑의 법칙을 이해하고 의식적으로 그 법칙에 협력한다. 참으로, 그는 사랑의 법칙과 나눠지 않고 동일시된다.

원리들은 영원한 실체reality이다

"자아를 버리면, 세계가 내가 된다." 동정, 지혜, 사랑을 본성으로 갖춘 사람은 어떤 보호도 전혀 필요치 않다. 지혜, 사랑, 동정 자체가 최상의 보호 수단이며, 그 원리들은 모든 사람들 속에 있는 실체이자 불멸의 신성이고, 우주의 질서 속에서 영구불변의 실체를 구성한다.

자신의 본성이 행복과 기쁨과 평화인 사람은 즐거움을 따로 추구할 필요도 없다. 다른 사람과의 경쟁에 관해 말하자면, 그가 자신을 모든 사람과 정답게 동일시하는데 누구와 경쟁할 수 있겠는가? 모든 이를 위해 자신을 희생시키는 그가 도대체 누구와 다투겠는가? 이미 모든 행복의 원천에 도달하였고, 필요한 모든 것을 하나님으로부터 받는 그가 다른 이의 맹목적인 오해에서 빚어진, 쓸데없이 걸어오는 경쟁을 두려워할 수 있겠는가?

그는 자아(그의 이기적인 개성)를 잃고서, 참 자아(그의 신성한 천성, 사랑)를 찾았다. 이제는 사랑과 그 사랑으로 인한 모든 결과가 그의 삶을 구성한다. 그는 이제 기쁜 마음으로 이렇게 외칠 수 있다.

나는 동정同情의 주님을 알게 되었고,
완전한 법칙의 의복을 걸쳤으며,
위대한 진실reality의 영역에 들어섰다.
안식을 이루자, 방황이 끝났다.
평화에 들어서자, 고통과 슬픔이 멈추었다.
통일성이 명백해지자, 혼돈이 사라졌다.
진리가 드러나자, 죄가 극복되었다!

사랑은 유일한 최고의 법칙이다

조화의 원리, 정의, 또는 신성한 사랑을 발견하면, 모든 것이 있는 그대로의 모습으로 보인다. 착각을 일으키는 이기심과 의견의 매개 없이 바로 볼 수 있기 때문이다. 있는 그대로의 모습으로 보면, 세계 전체가 하나의 존재이며 세계의 모든 다양한 작용들은 단일 법칙의 현현顯現이다.

이제까지 나는 이 책에서 법칙에 대해 말할 때, '차원 높은'과 '저급한'이라는 용어를 적용했는데, 이런 구별은 불가피한 것이었다. 그러나 천국에 도달하고 나면, 인간의 삶에서 작용하는 모든 힘들이 유일한 최고 법칙인 사랑의 다양한 표현임을 알게 된다. 인류가 고통을 겪고 있는 것도 이 법칙에 의한 것이다. 강렬한 고통의 경험을 통해, 인류는 정화되고 현명해질 것이며 고통의 원천인 이기심을 버리게 될 것이다.

세계의 법칙과 기초가 사랑이기 때문에 모든 이기주의는 이 법칙에 대립되며, 이 법칙을 이기거나 무시하려는 노력이다. 그 결과, 모든 이기적인 생각과 행위는 그에 상응하는 정확한 양의 고통을 수반한다. 이 고통은 그 생각과 행위의 결과를 무효로 만들어 우주의 조화를 유지하는 데 필요한 것이다. 그러므로 모든 고통은 사랑의 법칙이 무지와 이기심을 억제하는 작용이며, 이러한 고통스러운 속박에서 마침내 지혜가 생겨난다.

사랑의 나라는 모든 필요를 충족시킨다

천국에는 투쟁과 이기심이 전혀 없으며, 따라서 고통이나 속박도 없다. 거기에는 완전한 조화와 균형과 안식이 있을 뿐이다. 천국에 들어간 사람들은 어떠한 동물적 성향도 따르지 않으며(그들은 따라야 할 성향이 아예 없다), 최고의 지혜와 조화를 이루어 살아간다. 그들의 본성은 사랑이며, 그들은 모든 존재를 향한 사랑 속에 살아간다.

그들은 결코 "생계를 꾸려 나가는 것"에 대해 걱정하지 않는다. 그들은 삶의 한가운데서 살고 있는, 삶 그 자체이기 때문이다. 어떤 물질적인 필요나 다른 필요가 발생하면, 그들이 걱정하거나 애써 수고하지 않아도 그것이 즉시 충족된다.

그들이 어떤 일을 떠맡도록 요구받았을 때는, 그 일을 수행하는 데 필요한 돈과 친구들이 어디선가 즉시 그들에게 오게 된다. 원칙을 어기는 행위를 그만둔 그들의 필요는 정당한 경로를 통해 충족된다. 그들에게 필요한 돈이나 도움은, 천국에 살고 있거나 천국의 실현을 위해 노력하고 있는 다른 선한 사람들을 통해 항상 오게 된다.

자아의 나라에서 살고 있는 사람들이 오로지 많은 투쟁과 고통을 통해서만 그들의 필요를 충족시키는 것과 마찬가지로, 사랑의 나라에서 살고 있는 사람들은 불안에서 완전히 해방된 상태에서 그들의 모든 필요를 사랑의 법칙을 통해 충족시킨다. 그들은 마음속의 근본 원인을 바꾸었기 때문에 내적 삶과 외적 삶의 모든 결과까지 바꾼 것이다. 자아가 모든 투쟁과 고통의 근본 원인이듯이 사랑은 모든 평화와 행복의 근본 원인이다.

하나님과의 합일

천국에서 안식하고 있는 사람들은 외적인 소유물로 행복을 추구하지 않는다. 외적인 소유물이란 필요할 때는 왔다가 목적에 이바지하고 나면 사라지는 일시적 결과에 불과하다는 것을 그들은 알고 있다.

그들은 돈, 의복, 음식과 같은 외부적 사물을 참된 삶의 부속물이나 결과로 밖에 생각하지 않는다. 그러므로 그들은 모든 근심과 걱정에서 자유롭고, 사랑 안에 안식하기에 행복의 화신으로 살아간다.

그들은 불멸의 원리인 순수, 동정, 지혜, 사랑에 의지해 살아가기 때문에 죽지 않으며, 그들은 자신의 불멸성을 알고 있다. 그들은 하나님(최고선)과 일체를 이루며, 스스로가 하나님과 일체임을 알고 있다. 그들은 사물의 진정한 현실을 이해하고 있으므로, 어디에서도 비난의 여지를 찾을 수 없다. 그들은 세상에 일어나는 모든 작용들을, 심지어는 악惡이라고 불리는 작용들까지도 선한 법칙의 도구로 본다.

모든 인간은 본질적으로 신성하며, 그들이 자신의 신성한 본성을 알지 못한다 해도 그러하다. 인간의 모든 행위는 그것들 중 대부분이 어리석고 무력한 것이라 해도, 보다 가치 있는 어떤 선을 실현하려는 노력이다. 소위 악이라고 하는 것은, 심지어는 의도적으로 사악한 행위라 불리는 것들까지도, 모두 무지에 기초하고 있다. 천국에 사는 사람들은 이 사실을 이해한다. 따라서 그들은 아무도 비난하지 않으며 사랑과 동정만을 마음속에 간직한다.

천국의 안식

그렇다고 해서 천국에 살고 있는 사람들이 안일하고 게으르게 산다고 생각하지는 말라(이 두 가지 죄는 천국에 대한 탐색을 시작할 때 가장 먼저 근절해야 할 것들이다). 그들은 평화롭게 활동하며 살아간다. 사실은 오직 그들만이 참으로 살고 있다고 말할 수 있다. 걱정과 슬픔, 두려움의 연속인 자아의 삶은 진정한 삶이 아니기 때문이다.

그들은 자아에 대한 생각 없이 지극히 성실하고 부지런한 자세로 자신의 모든 의무를 수행하며, 다른 사람들의 마음과 그들 주변의 세상에 정의의 나라를 세우는 데 자신의 모든 수단을 동원하고 예전보다 훨씬 더 강해진 힘과 능력도 전부 이용한다. 우선 스스로 모범을 보이고 그 다음엔 교훈을 줌으로써 정의의 나라를 넓히는 것, 이것이 그들의 일이다.

그들은 자신이 소유한 모든 것을 팔아서(자신의 소

유물에 대한 모든 욕심을 버려서), 가난한 사람들에게 나누어 주고(영혼이 궁핍한 사람들, 지치고 절망에 빠진 자들에게 자신이 가진 풍부한 지혜와 사랑, 평화를 아낌없이 나누어 주고), 사랑이라는 이름의 그리스도를 따른다.

그들은 더 이상 슬픔을 느끼지 않고 끊임없는 기쁨 속에 산다. 세상의 고통을 알고는 있지만, 궁극의 행복과 사랑이라는 영원한 안식처도 알고 있기 때문이다. 준비된 자는 누구나 지금 당장 궁극의 행복과 영원한 안식처인 사랑에 도달할 수 있으며, 결국에는 모든 이가 그 곳에 이르게 될 것이다.

천국에 사는 사람들

천국에 사는 사람들에 대해서는 그들의 생활을 보면 알 수 있다. 그들은 모든 상황과 인생의 변천 과정에서 '사랑, 기쁨, 평화, 인내, 친절, 선량함, 신의, 온유함, 절제, 자제'와 같은 영靈의 열매들을 나타낸다. 그들은 분노, 두려움, 의심, 질투, 변덕, 근심, 슬픔으로부터 완전히 벗어나 있다. 하나님의 정의 속에 살면서, 그들은 세상의 풍습과는 정반대가 되며 세상 사람들이 어리석음으로 간주하는 자질들을 나타낸다.

그들은 어떤 권리도 요구하지 않고, 자기 자신을 방어하지 않으며, 보복하지 않는다. 그들은 자신에게 상처를 입히려는 이들에게도 친절을 베풀며, 자신에게 대항하고 공격해 오는 이들에게도 자신과 사이가 좋은 사람에게 대하듯 똑같이 온화한 마음으로 대한다. 또 다른 사람들을 판단하지 않으며, 어떤 사람이나 어떤 제도도 비난하지 않으며 모든 사람과 사이좋게 살아간다.

천국은 완전한 신뢰, 완전한 인식, 완전한 평화이다. 그 곳은 온통 음악과 감미로움과 평온으로 충만해 있다. 짜증, 나쁜 기분, 거친 말, 의심, 정욕 등 불온한 요소는 조금도 천국에 들어올 수 없다.

천국의 자녀들은 서로 용서하고 용서받으며, 친절한 생각과 말과 행동으로 다른 이에게 봉사하며 완전한 사랑스러움 속에 살아간다. 그것은 모든 사람이 마땅히 누려야 할 정당한 유산이고, 지금 당장 들어갈 수도 있는 그들 자신의 왕국이다. 그러나 어떠한 죄도 그 곳에 들어갈 수 없다. 자아에서 비롯된 생각이나 행동은 천국의 황금빛 대문을 통과할 수 없으며, 어떠한 불순한 욕망도 천국의 찬란한 의복을 더럽힐 수 없다.

원하는 사람은 누구나 천국에 들어갈 수 있지만 누구나 그 대가를 치러야 한다. 그것은 바로 자아를 무조건 포기하는 것이다.

"완전한 사람이 되고 싶다면, 가진 것을 모두 팔아라." 하지만 세상은 이 말에 고개를 돌리며 "슬퍼한다. 세상은 가진 것이 아주 많기 때문이다." 세상은 스스로 지킬 수 없는 돈과 스스로 떨쳐 버리지 못하는 두려움을 많이 소유하고 있고, 탐욕스럽게 집착하는 이기적 사랑과 가능하다면 피하고 싶은 슬픈 이별이 풍부하며, 향락의 추구가 넘치고, 고통과 슬픔이 넘치고, 투쟁과 고생이 넘치고, 흥분과 고뇌가 넘치고, 참된 부富가 아닌 것은 풍부하지만 천국에만 있는 참된 부는 빈약하다. 세상에는 어둠과 죽음에 속하는 것들이 넘쳐나지만 빛과 생명에 속하는 것들은 부족하다.

그러므로 천국을 실현하려는 자가 있다면 대가를

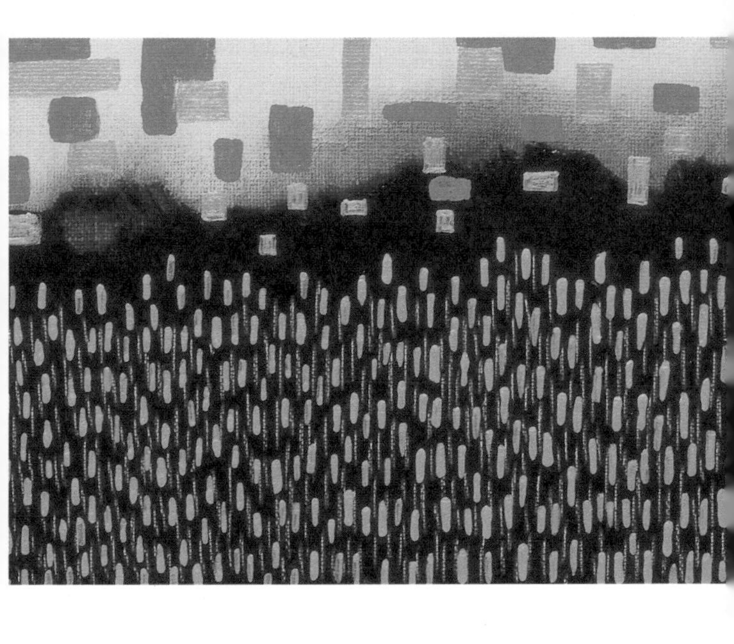

치르고 들어가도록 하라. 만약, 그가 강하고 신성한 믿음을 가진 사람이라면 지금 당장 천국을 실현할 수 있고, 또한 그가 지금까지 집착해 온 자아를 마치 옷을 벗듯이 벗어 던지고 자유로워질 수 있다. 만약, 그가 믿음이 약한 사람이라면 좀더 천천히 자아를 극복해야 하며, 매일매일의 노력과 끈기 있는 연구를 통해 천국을 찾아야 한다.

정의의 신전이 세워지면, 신전의 벽 네 개는 각각 순수, 지혜, 동정, 사랑의 네 가지 원리이다. 그 신전의 지붕은 평화이고, 바닥은 확고한 마음이며, 입구는 사심 없는 의무 수행이며, 그 곳의 분위기는 영감靈感이며, 그 곳의 음악은 완전한 삶의 기쁨이다.

그 신전은 흔들릴 수 없으며, 영원하고 파괴될 수 없기 때문에, 더 이상 스스로를 보호하기 위해 내일의 일을 미리 염려할 필요가 없다. 마음속에 천국이 세워지면, 물질적인 생활 필수품을 얻으려는 생각은 더 이상 하지 않게 된다. 최고의 가치를 발견하고 나면, 그런 것들은 원인에 대한 결과로서 더해지기 때문이다. 그러면 생존 경쟁은 중지되고, 영적인, 정신적인, 그리고 물질적인 필요는 우주의 풍요로운 보고寶庫로부터 매일 충족된다.

오랫동안 저는 당신을 찾았습니다. 거룩한 성령聖靈이여,
온유하고 겸손한, 영계靈界의 주主여
인간의 비애에 대해 깊이 생각하면서,
묵묵히 슬픔을 느끼며 당신을 찾아 헤맸습니다.

저는 비애와 나약함의 무게에 짓눌려
불안과 의심과 슬픔 속에서
저는 살고 있었지만, 어디선가 당신의 기쁨이
기다리고 있음을 알았습니다.
저와 같이 찢기고 슬픈 마음을
가진 이들을 당신이 어디선가 맞이해 줄 것을 알았습니다.
죄와 괴로움을 뒤로 한 채,
어떻게든 당신을 찾게 될 줄을,
그리고 마침내 당신의 사랑이 나에게
신성한 안식처로 들어오라고 명하게 될 줄을 알았습니다.

미움, 조롱, 그리고 비난이
당신을 찾는 내 영혼을 마구 괴롭히고, 더럽혔습니다.

당신이 활동하고 머물러야 할
당신의 신전인 내 영혼을.
기도하고, 노력하고, 희망하고, 외쳐 부르면서,
실패 속에서 고통 받고 슬퍼하면서,
여전히 나는 당신을 찾아
어두운 지옥의 심연을 맹목적으로 더듬거리며 헤맸습니다.

당신을 발견하게 될 때까지 나는 당신을 찾아 나섰습니다.
그러자 나를 둘러싼 어두운 힘들은 사라졌고,
고요와 평화 속에 남겨진 나는
당신에 관한 성스러운 주제들에 대해 생각했습니다.
제가 당신에 대한 의심을 버렸을 때
저의 내면과 외부에서
어두운 힘들이 모두 사라졌습니다.
그리하여 저는 꿈에 그리던 위대한 주主,
찬란한 영광을 드러내는 당신을 마침내 찾아냈습니다!

그렇습니다. 저는 당신을 보았습니다,
거룩한 성령聖靈이여,

아름답고, 순수하고, 겸손한 당신을.

당신의 즐거움과 평화와 기쁨을 발견했고,

당신의 안식처에서 당신을 보았고,

당신의 사랑과 겸손의 힘을 발견했습니다,

그리하여 저의 고통과 비애와 나약함은 사라졌고,

저는 오직 성자聖者들만 걸었던 그 길을 걷게 되었습니다.